Ursula Mihm

Sonne um Mitternacht

Ursula Mihm

Sonne um Mitternacht

Weihnachtsgeschichten

Rudolf Geering Verlag

Dorothea Grebenstein sei für ihre Hilfe
bei der Herausgabe dieser Geschichten herzlich gedankt.

2. Auflage 1994

Einbandgestaltung von Gabriela de Carvalho
© Copyright 1993 by
Philosophisch-Anthroposophischer Verlag am Goetheanum
CH-4143 Dornach
Gesamtherstellung: Kooperative Dürnau
ISBN 3-7235-0705-0

Inhalt

Zum Geleit

Diese zwölf Weihnachtsgeschichten sind mit anderen im Laufe von vielen Jahren für die nachmittägliche «Erbauungsstunde» in einem Heil- und Erziehungsinstitut für Seelenpflege-bedürftige Kinder entstanden. Sie wurden den Kindern im Schulalter wiederholt erzählt und erst später aufgeschrieben.

Ursula Mihm war viele Jahre als Klassenlehrerin tätig. Es war ihr ein Anliegen, in den Schülerinnen und Schülern nicht nur durch die Erd- und Naturkunde-Epochen im morgendlichen Hauptunterricht die Liebe zur Erdenwelt zu erwecken, sondern auch das Charakteristische verschiedener Landschaften und Volkstümer in die gemüt- und moralbildenden Inhalte der späten Nachmittagsstunde mit einzubeziehen. Auch möchte Ursula Mihm dazu beitragen, die Welt der Elementarwesen ins Bewußtsein zu heben und sie der Empfindung und Wahrnehmung zu erschließen.

So ist zu hoffen, daß die Erzählungen seelenpflegend wirken können, indem sie das Erleben einer gegenwärtigen Advents- und Weihnachtszeit vertiefen helfen.

Bingenheim, im August 1993   *Günter Holakovsky*

Evamaria und die Apfelsterne

Mitten im Hochgebirge liegt der Wurzerhof auf einer sanften Bergkuppe. Wohnhaus und Stallungen sind nach Norden durch eine steil emporragende Felswand vor den kalten Winden geschützt. Hinter dem Hühnerstall öffnet sich der Fels zu einer Höhle. Zwergenschlupf wird sie genannt. Früher konnten die Leute vom Wurzerhof noch sehen, wie die Unterirdischen in der Höhle ein- und ausgingen. Seitdem jedoch drunten im Dorf die Motorwagen und Traktoren rattern, verschwand das kleine Volk vor ihren Blicken.

Nur Evamaria, die jüngste Tochter des Wurzerhofbauern, konnte die kleinen Männlein noch wahrnehmen und liebte sie von Herzen. Jeden Morgen, wenn sie den Hühnern Futter streute, legte sie den Zwergen eine Handvoll Körner in den Eingang der Höhle. Sonntags brachte sie ihnen ein Rosinenbrot und freute sich, wenn es am nächsten Tag verschwunden war.

Es war Winter geworden, und es hatte viel geschneit. Die Berge trugen weiße Schneekappen, und die Tannen bogen sich unter der Last des Schnees. Golden glänzten die Sterne am frostklaren Himmel, und die Heilige Nacht senkte sich über die Erde.

Auf dem Wurzerhof ruhte die Arbeit. Die Tiere in den Ställen waren reichlich mit Futter versorgt. Die Familie des Wurzerhofbauern saß in Feiertagsgewändern um den hölzernen Tisch beim Weihnachtsmahl. Evamaria dachte an ihre kleinen Freunde im Zwergenschlupf. Schon am Nachmittag hatte sie ihnen ein Stück Rosinenstollen gebracht.

Als abgedeckt war, zündete der Vater die Lichter am Weihnachtsbaum an. Die Mutter trug Lebkuchen und den Korb mit den Weihnachtsäpfeln auf den Tisch.

Nun sprach der Vater: «Nach gutem alten Brauch wollen wir auch in diesem Jahr am Adam- und Evatag die Apfelsterne schneiden.» Er nahm einen Apfel in die Hand, schaute auf den Stern an der Spitze des Weihnachtsbaumes und sprach weiter:

«Apfel, den einst Eva aß,
als sie Gottes Gebot vergaß,
zeig' den Stern der Weihenacht,
den das Christkind uns gebracht.
Wie er wuchs im Innern dir,
mög' er wachsen auch in mir
mit dem heiligen Christ.»

Jetzt zeichnete der Vater ein Kreuz über den Apfel und zerschnitt ihn. Er führte das Messer nicht vom Stiel durch das Kerngehäuse, sondern quer durch das runde Apfelbäckchen. Da erschien in jeder Hälfte ein schöner fünfstrahliger Stern. Von den fünf Kämmerchen des Kerngehäuses wurde er gebildet. Alle bewunderten das schöne Gebilde, und die Mutter sprach: «Möge auch in unseren Herzen der Stern des Christkindes wachsen!»

Darauf begannen alle in der Runde einen Apfel zu teilen. Jedem zeigte sich ein schön geformter Stern. Freudig trug Evamaria ihre Apfelhälften zum Fensterbrett.

Da hörte sie ein leises Pochen an der Scheibe. Draußen stand ein Zwerg und guckte herein. Er schaute das Mädchen bittend an und deutete mit der kleinen Hand auf die Apfelsterne. Evamaria flüsterte ihm zu: «Wartet nur noch ein Weilchen! Hernach will ich euch allen Äpfel bringen!» Da verschwand das Männlein.

Inzwischen war es Zeit geworden für den Gang zur Christmesse. Der Vater zündete die Laterne an. Alle hüllten sich in warme

Pelze und Tücher und begaben sich auf den Weg zur Kirche. Die Großmutter mußte daheim bleiben, denn der Weg ins Tal war zu weit für sie. Auch Evamaria blieb zurück, damit die Großmutter nicht allein war.

Nun setzte sich die Großmutter in ihren breiten Lehnstuhl und sprach zu Evamaria: «Wir wollen jetzt ein wenig ruhen. Richte dir ein Lager auf der Ofenbank! Um Mitternacht werden die Kirchenglocken vom Tal heraufklingen und uns wecken. Dann wollen wir die Geschichte von der Geburt des Christkinds in der Bibel lesen.»

Evamaria schob der Großmutter einen Schemel unter die Füße, breitete eine Wolldecke über ihre Knie und wünschte ihr eine gute Ruhe. Darauf hüllte sie sich in Großmutters blaues Tuch und flüsterte: «Ich will geschwind noch zu den Zwergen gehen und ihnen Äpfel bringen.» Großmutter nickte ihr freundlich zu.

Draußen war es eisig kalt. Bläulich glitzerten die Sterne am Himmel. Evamaria trug den Korb mit den Äpfeln und schritt durch den knirschenden Schnee über den Hof zum Zwergenschlupf. Am Eingang der Höhle schimmerte ihr ein kleines Licht entgegen, und ein Zwerg begrüßte sie freundlich. Er erhob seine Laterne und leuchtete ihr voraus bis zum Ende der Höhle. Dort führte eine schmale Treppe in die Tiefe. Evamaria folgte dem Zwerg, und die beiden stiegen viele Stufen hinab. Eng war es im Gestein und düster. Endlich öffnete sich der Felsen, und die beiden traten in einen weiten, hochgewölbten Raum, der von einem milden, grünen Licht erfüllt war.

Viele Zwerge sprangen den Eintretenden fröhlich entgegen. Sie reckten ihre großen Köpfe und umringten das Mädchen. Der Zwergenälteste trat vor Evamaria und schaute sie freundlich an. Sein Bart war weiß wie Schnee und reichte ihm bis zu den Füßen. Er sprach: «Unsere Freude ist groß, und wir danken dir, du Menschenkind, daß du in dieser heiligen Weihenacht zu uns gekommen bist. Mit deinen liebreichen Gaben, die wir an jedem Tage von dir empfangen, machst du uns froh und glücklich. Allzeit wollen wir dir dafür danken! Nun bitten wir dich, zeige uns im Apfel das Bild des Weihnachtssterns!»

Evamaria nickte freundlich. Sie nahm einen Apfel aus dem Korb, zeichnete das Kreuz über ihn und sprach mit heller Stimme:

> «Apfel, den einst Eva aß,
> als sie Gottes Gebot vergaß,
> zeig' den Stern der Weihenacht,
> den das Christkind uns gebracht.
> Wie er wuchs im Innern dir,
> mög' er wachsen auch in mir
> mit dem heiligen Christ.»

Nun zerteilte sie den Apfel mit dem Messer, und zwei schöne Sternbilder erschienen. Die Zwerge griffen nach ihnen und bewunderten sie mit freudigen Rufen. Immer mehr Äpfel zerteilte das Mädchen, und immer mehr Sterne entstanden.

Sie wanderten im Kreis von Hand zu Hand. Jauchzend warfen die Männlein die Apfelsterne in die Höhe und fingen sie wieder auf. Die Zwerge tanzten im Kreise um Evamaria, und Jubel erfüllte den weiten Raum.

Plötzlich erdröhnte der Erdengrund. Licht flutete empor, und die Felswände erglänzten rot und violett. Zart begannen sie zu klingen. Die Töne wuchsen und erfüllten den unterirdischen Raum mit einer wundersamen Musik. Durchsichtig wie Kristall wurde der Felsengrund. Immer heller strahlte das Licht aus der Tiefe empor. Die Zwerge standen regungslos. Andächtig neigten sie ihre großen Köpfe und schauten hinab.

Da erschien im Innern der Erde eine strahlende Sonne. In ihrer Mitte lag ein goldenes Kind. Evamaria stockte der Atem. Unverwandt schaute sie auf das schöne Kind und konnte sich nicht sattsehen. Nach einer Weile war das Kind aus der Sonne verschwunden. Eine Frau im blauen Mantel trug es auf ihrem Arm.

Sie trat in den Kreis der Zwerge, und Evamaria erkannte die Gottesmutter mit dem Christkind.

Nun streckte das Christkind seine kleine Hand nach den Äpfeln aus. Maria bat das Mädchen, auch ihrem Kinde den Stern in der Frucht zu zeigen. Evamarias Herz begann rascher zu pochen. Sie nahm einen Apfel, um ihn ganz behutsam zu teilen. Das Messer aber glitt von der Schale ab. Immer wieder versuchte das Mädchen vergeblich, die Frucht zu teilen.

Da schnitt das Messer in den Zeigefinger des Mädchens. Drei Blutstropfen quollen aus der Wunde auf die Erde. Sie wurden zu drei Edelsteinen. Rot und grün schimmerten sie und trugen einen rosigen Stern in der Mitte. Er hatte fünf feine Strahlen.

Evamaria fühlte einen heftigen Schmerz in ihrem Finger. Da aber bückte sich die Gottesmutter und löste vom Saum ihres blauen Mantels einen schmalen Streifen. Behutsam band sie ihn um die Wunde, und sogleich war der Schmerz verschwunden.

Immer noch streckte das Christkind seine kleine Hand nach dem Apfel aus. Evamaria wurde es weh ums Herz. Warum war es ihr nicht gelungen, den Apfel durchzuschneiden? Das Mädchen flüsterte: «Ach käme doch jemand, der mir helfen könnte!»

Da war auf einmal das Rauschen von Engelsflügeln zu hören, und Michael stand im glänzenden Gewande vor dem Mädchen. Ernst schauten seine Augen, und er hob sein Schwert. Da war der Apfel im Nu geteilt. Zwei schöne Sterne erschienen. Das Christkind betrachtete sie mit liebevollem Blick, und seine kleine Hand rührte an einen Apfelstern. Nun begann der Stern zu leuchten. Er hob sich von der Hand des Christkinds und schwebte hoch empor.

Der Stern wuchs und dehnte sich aus, bis sein Glanz die weite Wölbung des unterirdischen Raumes erfüllte. Seine Strahlen durchdrangen auch die Felsenwand und den Felsengrund. Es war, als wolle der Stern des Christkinds die ganze Erde erfüllen. Vom Licht und Glanz geblendet schloß Evamaria die Augen und sank in einen tiefen Schlaf.

Als der Weihnachtsmorgen heraufzog, war es draußen noch dämmrig. Der weiße Schnee leuchtete ins Fenster herein. Auf dem Tisch brannte noch immer das Weihnachtslicht. Evamaria erwachte und lag in Großmutters blauem Tuch auf der Ofenbank. Neben ihr stand der leere Korb. Auf seinem Boden glänzte rot und grün ein Edelstein. Staunend schaute das Mädchen auf den rosigen Stern in seiner Mitte. Evamaria setzte sich auf und rieb sich verwundert die Augen. Da bemerkte sie den Verband an ihrer Hand. Behutsam löste sie ihn ab und erblickte an ihrem Finger eine kleine Narbe. Sie war so zart wie ein Staubfädchen in einer Rosenblüte.

Die Großmutter war schon aufgestanden und legte gerade Holz in den Ofen. Prasselnd schlugen die roten Flammen empor. Da sprang Evamaria auf und reichte der Großmutter den Stein. Auch den blauen Streifen vom Mantelsaum der Maria und die feine Narbe an ihrem Finger zeigte sie ihr und erzählte von dem nächtlichen Besuch bei den Zwergen. Da begannen Großmutters Augen zu leuchten. Sie faltete die Hände und sprach: «Wunderbares hast du erlebt in dieser Weihenacht, Evamaria. Bewahre die Erinnerung fest in deinem Herzen und halte weiter gute Freundschaft mit den Zwergen. Auch sie gehören zur Schöpfung Gottes und bedürfen der Liebe der Menschen. Der Stein muß wohl ein Turmalin sein – das ist der Stein des Christkinds. Hüte ihn gut!»

Nun glättete das Mädchen den blauen Streifen vom Mantelsaum der Gottesmutter und legte ihn sorgsam zwischen die Blätter der Heiligen Schrift. Dort liegt er noch heute und zeigt den Menschen auf dem Wurzerhof die Weihnachtsgeschichte an.

Der Edelstein wanderte zu einem Goldschmied, und bald trug Evamaria jeden Sonntag den Turmalin an einem goldenen Kettlein über ihrem Herzen.

Auch heute noch erinnert er sie an jene Weihenacht, als sie dem Christkind mit Michaels Hilfe den Stern im Apfel zeigen durfte.

Eine Bärengeschichte
zur Weihnacht

Im südlichen Norwegen zwischen schroffen Bergen und klaren Bächen liegt seit vielen Jahren der Grimhof in der Einsamkeit. Nahe hinter den Ställen des Gehöfts beginnt ein Wald, der sich bis zu den fernen blauen Bergen erstreckt, und viele Arten von Wild leben in ihm. Sogar Bären hausen abseits in einer verborgenen Schlucht.

Wie wir ja wissen, ist der Braunbär ein ungeselliges Tier und meidet die Nähe der Menschen. Dennoch waren Hildur und Christina schon dreimal einem zottigen Petz begegnet. Beim ersten Male überraschten sie ihn auf der Jotundwiese, als er aufrecht vor den Himbeersträuchern stand und rote Beeren schmauste. Erschrocken standen die Kinder still, und die tapfere Hildur sprach rasch den Bärensegen:

«Lieber Bär, o hör geschwind,
vor dir steht ein Menschenkind
segnet dich und diesen Ort.
Geh mit Gott und trabe fort!»

Und wirklich – der Bär schaute herüber und trabte davon.

Nach einiger Zeit trafen die Kinder den Petz im Blaubeerwald. Behaglich brummend naschte er Blaubeeren aus ihrem gefüllten Eimer. Als er Hildur und Christina bemerkte, trollte er sich eilig in die Büsche.

Im nächsten Frühling sahen die Kinder den Bären zum dritten Mal. Er kam gerade aus dem Schafstall, hielt ein Lamm im Maul und rannte in den Wald hinein.

Als der Vater hörte, daß sich der Bär ein Lamm geholt hatte, sagte er zornig: «Diesem Räuber werde ich das Handwerk legen. Wenn er seinen nächsten Winterschlaf hält, will ich ihn töten. Im Walde hat er uns auch schon Honigwaben vom Bienenkorb weggeholt.»

Das betrübte die Kinder, denn der Bär war ihnen lieb geworden, er hatte ihnen nichts zuleide getan. Mit kummervollem Herzen dachten sie an den nächsten Winter.

Der Sommer verging wie im Fluge. Weihnachten nahte. Schnee bedeckte die Erde und hüllte auch die Bäume in weiße Gewänder. Der Frost hatte Quellen und Bäche in Eis verwandelt und blanke Eiszapfen an das Scheunendach gezaubert. Die Nächte waren lang und dunkel und die Tage kurz.

Am Tag vor dem Heiligen Abend stand die Sonne niedrig am blaßblauen Himmel und ließ den Schnee silbern erglänzen. Auch in diesem Jahr durfte Hildur mit der kleinen Schwester Christina zum Ragnanhof wandern, um der Gote und ihrer Familie Weihnachtsgrüße und süßes Gebäck zu bringen.

Frohgemut machten sich die Kinder auf den Weg. Rot leuchtete Hildurs Rucksack über dem Schnee. Sie kamen rasch voran, denn der Schnee war hart gefroren. Schon nach drei viertel Stunden Weges sahen sie den Ragnanhof hoch über dem Tal am Berghang liegen. Sie verließen den breiten Weg und erklommen nun eilig den schmalen steilen Fußpfad, der zu dem rot gestrichenen Holzhaus führte. Fröhlich begrüßten die Kinder die Verwandten. Die Gote bewirtete die Kinder mit süßer Grütze, und Hildur erzählte von daheim.

Unterdessen war die Sonne auf ihrer niedrigen Bahn am Himmel weitergewandert und näherte sich den blauen Gipfeln der fernen Berge. Der Horizont färbte sich grünlich und gelb.

Da drängte die Gote zum Aufbruch. Sie packte rote Äpfel,

duftenden Honigkuchen und eine selbstgezogene Bienenwachskerze in Hildurs Rucksack. Eine Schachtel mit Zündhölzern legte sie noch dazu. «Für ein frohes Christfest!» sprach lächelnd die Gote.

Auch die kleine alte Kantele fand noch in dem Rucksack Platz. Sie stammte vom Urahn und wanderte unter den Verwandten von Hof zu Hof. Lange Zeit war sie auf dem Ragnanhof gewesen. «Nun soll die Kantele bei euch auf dem Grimhof erklingen», sagte die Gote beim Abschied. «Spielt und singt nur fleißig!»

Die Kinder dankten der guten Frau und rannten den steilen Fußpfad hinab, bis sie den breiten Waldweg erreichten. Jetzt schritten sie munter nebeneinander voran. «Bald sind wir daheim», sprach Hildur und rückte ihren roten Rucksack zurecht. – «Ach, wie freue ich mich auf die Heilige Nacht. Dann wollen wir um den Weihnachtsbaum tanzen, und ich will auch auf der Kantele spielen.» – «Und ich freue mich auf die Krippe mit dem Christkind unter dem Weihnachtsbaum!» sagte die kleine Schwester. Sie machte einen freudigen Sprung und wirbelte dabei eine kleine Schneewolke auf.

Nach einiger Zeit erreichten die Kinder eine Anhöhe. Da verschwand die Sonne in einer graugrünen Wolkenwand, und ein heftiger Wind blies das Gewölk rasch voran. Bald war der ganze Himmel wie mit gelblicher Watte verhangen. Die ersten Schneeflocken fielen.

«Es gibt neuen Schnee», sprach die kleine Christina ängstlich. «Wenn wir nur bald daheim wären!» Sie nestelte ihren Schal fester. Der Wind blies immer heftiger, und immer dichter wirbelten die Flocken.

Als die Kinder zu einer Waldlichtung kamen, brauste ihnen ein wilder Schneesturm entgegen. Die hohen Tannen bogen sich ächzend unter der Gewalt des Windes. «Halte dich dicht hinter meinem Rücken!» rief Hildur der kleinen Schwester durch das Brausen zu und stemmte sich mit aller Kraft gegen den Sturm. Wie mit spitzen Nadeln fuhr ihnen der Schnee ins Gesicht, drang in die Ärmelbündchen und unter den Rand der Kapuze. Immer höher wuchs der Schnee, und die Kinder versanken bei jedem Schritt bis zu den Knien. Bald konnten sie den Wegrand nicht mehr erkennen und stapften blindlings immer weiter. Zuweilen strauchelte die kleine Christina, fiel um und kam nur mit Hildurs Hilfe wieder auf die Beine. «Gleich müssen wir den dicken Findlingsstein erreichen und danach die Holzbrücke über den Bach», rief Hildur der kleinen Schwester zu. «Halt' tapfer aus! Bald sind wir daheim!»

Aber da war kein Findlingsstein – und keine Brücke – und auch kein Bach. Die Kinder stapften nur immer weiter voran. Da erkannte Hildur, daß sie den Weg verloren hatten und in der anbrechenden Nacht umherirrten. Doch sie durften nicht aufgeben – o nein! Sie mußten ja doch am Weihnachtsabend nach Hause kommen.

Nach einer Weile bettelte Christina: «Laß uns rasten! Ich bin so müde. Hernach will ich wieder fleißig laufen.» Doch Hildur faßte die Schwester am Arm und trieb sie heftig fort. Sie rief: «Nein, nein, nicht rasten! Wenn wir ruhen, kommt der Schlaf über uns, und dann sind wir in der Kälte verloren!»

Immer weiter gingen die Kinder durch das Schneetreiben. Immer mühsamer kämpften sie sich durch den Schnee voran.

Plötzlich ging es steil bergab. Die Kinder taumelten und fielen in eine tiefe Schneeverwehung. Da waren sie am Ende ihrer Kraft und blieben im Schnee liegen. «Lieber heiliger Christ», sagte nach einer Weile die kleine Schwester, «heute ist dein Geburtstag. Ich hab dich lieb. Laß uns ein wenig ruhen und schlafen, und dann führe uns heim, damit ich dich in der Krippe unter dem Christbaum wiegen kann.» Sie schloß die Augen und streckte sich im Schnee aus.

Auch Hildur lag mit geschlossenen Augen und dachte an Vater und Mutter. Sie flüsterte: «Gewiß warten sie auf uns, um die Lichter am Tannenbaum anzuzünden. Sie müssen warten. Ach, ich bin so müde.»

Unterdessen hatten die Eltern mit Sorge das heraufziehende Unwetter bemerkt. Der Vater hüllte sich in seinen dicken Pelz, um den Kindern mit seiner Laterne entgegenzugehen. Der Sturm heulte und löschte das Licht aus. Immer wieder rief der Vater nach Hildur und Christina, doch das wilde Brausen übertönte seine Stimme. Weit lief er in den Wald hinein, aber nirgends fand er eine Spur von den Kindern. Schließlich kehrte er verzweifelt um.

In der warmen Stube stand das Festmahl unberührt auf dem Tisch. Der Vater setzte sich zur Mutter ans Fenster und zündete zwei Kerzen auf dem Fensterbrett an. «Ach, könnten die Weihnachtslichter unseren Kindern den Weg weisen!» sprach die Mutter. In großer Sorge schauten die Eltern in die Nacht hinaus.

Dann schlug die Mutter die alte Bibel auf und las die Geschichte von den Hirten auf dem Felde. Tränen rannen dabei über ihre Wangen. Der Vater ging noch oft in die brausende Nacht hinaus und rief nach den Kindern. Aber vergebens. Erschöpft kehrte er jedesmal ins Haus zurück. Schließlich gab er das Suchen auf. «Wenn es Morgen wird», sprach er, «und der Sturm – so Gott will – vorüber ist, will ich die Leute vom Ragnanhof zu Hilfe holen und mit ihnen den ganzen Wald absuchen.»

Was aber war inzwischen mit den Kindern geschehen? Sie lagen noch immer in der Schneewehe. An Vater und Mutter hatten sie gedacht und an das Christkind. Langsam begannen sie in einen tiefen Schlaf zu sinken.

Da drangen mit einem Male helle Töne an ihr Ohr. Im Schnee erschien ein Licht, und vor ihnen stand ein unsäglich zartes, schönes Kind. Barfuß im glänzenden Kleid stand es im weißen Schnee und lächelte. Es winkte mit der Hand.

Da spürten die Kinder, wie sie von einer warmen Welle durchströmt wurden, die ihnen neue Kraft schenkte. Nun konnten sie sich erheben und dem leuchtenden Kind folgen. Sie schritten durch die Schneeverwehung und erreichten durch ein Felsentor das Innere einer Höhle.

Hier herrschte Stille. Der Sturm war verstummt, und das lichte, schöne Kind wies ihnen ein Lager zum Ruhen. Rasch sanken die müden Kinder auf das Lager von Laub und Heu und überließen sich dem Schlummer. An eine haarige Decke geschmiegt schliefen sie wohlig warm. Wie lange mochte es gewesen sein?

Als sie erwachten, stand das lichte, schöne Kind vor ihnen und deutete ihnen, den Rucksack auszupacken. Zuerst nahmen sie die Kerze von der Gote heraus und entzündeten sie auf einem Stein neben dem Lager. Das milde Licht der Kerzenflamme erhellte einen Teil der Höhle. Hildur packte Honigkuchen und Äpfel aus. Die Kinder aßen und fühlten sich bald gesättigt und gestärkt.

Nun folgte Hildur dem Wink des lichten, schönen Kindes und holte die Kantele aus dem Rucksack hervor. Behutsam zupfte sie die Saiten, und mit feinen Tönen erklang unter ihren Händen ein Weihnachtslied. Christina sang dazu.

Bei der zarten Musik begann sich auf einmal die haarige Felldecke in der Ecke zu rühren. Ein mächtiger Schatten wuchs zur Felswand empor. Staunend erblickten die Kinder im Lichte der Kerze einen dicken Kopf mit zwei runden Ohren. Er gehörte einem Bären. Gemächlich langten seine breiten Tatzen nach den Süßigkeiten, und behaglich kauend verzehrte der Bär Honigkuchen und Äpfel. Halb aufgerichtet hockte das Tier auf seinem Lager. Hildurs Herz klopfte – aber sie spielte immer weiter auf der Kantele. Christina war vor Erstaunen verstummt.

Der Bär stellte seine Ohren lauschend hoch und richtete seinen plumpen Leib immer höher empor. Langsam begann er den Kopf im Takt der Musik hin und her zu wiegen; tapsig folgten die breiten Tatzen der Bewegung des Kopfes. Anmutig wiegte sich das Tier nach der Musik; der Bär tanzte. Das war so wunderbar, daß die kleine Christina darüber das Toben des Schneesturms und den verlorenen Heimweg vergaß. Ihre Augen leuchteten und ihre Blicke schweiften glücklich zwischen dem schönen, lichten Kind und dem tanzenden Bären hin und her.

Schließlich war die Kerze erloschen, und die beiden Mädchen

schliefen wieder neben dem Bären ein. Der gute Petz wärmte sie mit seinem Pelz, so daß sie in der Heiligen Nacht nicht erfrieren mußten.

Als sie erwachten, war das schöne, lichte Kind nicht mehr da. Ein kleiner Strahl des dämmernden Morgenlichtes zeigte ihnen jetzt den Höhleneingang am Felsentor. Da sagten die Kinder dem wunderlichen Gesellen dieser Nacht Dank für seine Gastfreundschaft und Lebewohl. Sie stiegen durch die Schneemauer aus der Bärenhöhle und gelangten ins Freie.

Es hatte aufgehört zu schneien, und der Sturm hatte sich gelegt. Bald fand Hildur den richtigen Weg, und die Kinder stapften voller Freude durch den tiefen Schnee heimwärts.

Über dem Grimhof zeigte sich am Himmel eine feine Röte. Nun war der Weihnachtsmorgen da. Weißer Rauch stieg aus dem Schornstein. Vor den Ställen hatte der Sturm den Schnee in der Nacht hoch aufgeweht. In der Stube waren die Weihnachtslichter niedergebrannt, und der Vater rüstete sich für den Gang zum Ragnanhof. Bleich und übernächtigt sah er aus. Die Mutter sprach das Morgengebet.

Da hörten die Eltern Schritte vorm Haus. Die Tür ging auf, und jubelnd sprangen die Kinder in die ausgebreiteten Arme von Vater und Mutter. Glänzend waren ihre Augen und rotgefroren ihre Backen. «Wo kommt ihr her? Wo wart ihr bei Sturm und Schneetreiben in der Nacht?» fragten die Eltern. Die Kinder lachten und weinten zugleich und vermochten lange Zeit kein Wort hervorzubringen. Eilig legten sie ihre mit Eis und Schnee behangenen Stiefel und Mäntel ab und setzten sich auf die Ofenbank. Nun begannen die Kinder zu erzählen.

Als sie wieder schwiegen, faltete die Mutter die Hände und sprach: «Wie reich hat uns das Christkind in dieser Weihenacht beschenkt. Nie wollen wir es vergessen und ihm immer danken!»

Der Vater aber wischte sich verstohlen eine Träne aus dem Bart und sprach: «Die Bärenjagd wird abgesagt. Dem braven Petz will ich nun nichts mehr zuleide tun. Er mag von unserem Honig schlecken. In der Osterzeit darf er sich auch ein Schaf holen, wenn er hungrig vom Winterschlaf erwacht und draußen kein frisches Grün findet.»

Die Kinder jubelten und umarmten den Vater. Dann hüpfte die kleine Christina zur Krippe, wiegte das Christkind und flüsterte: «Liebes Christkind, ich danke dir! Nun wiege ich dich so, wie ich es dir draußen im Schneesturm versprochen habe.»

Von den Bäumen in der Christnacht

Vor vielen, vielen Jahren stand in den Bergen der Rhön, unterhalb des Feldberges, eine Burg. Ihre Türme und Mauern sind längst zerfallen. Am Berghang unterhalb der Stelle, wo damals die Burg stand, erstreckt sich zwischen Buchen und Ulmen noch heute eine Wiese. Im Sommer ist sie blau von Vergißmeinnicht. Dort, wo die Wiese endet, stehen zwei Bäume. Ihre Stämme schmiegen sich ganz nahe aneinander. Die Silberbuche breitet schützend ihre lichtgrüne Krone über die knorrige Kiefer mit den spitzen Nadeln. Die beiden Bäume sind sehr alt. Sie sterben nicht, so sagt man, weil vor langer Zeit in einer Weihenacht ein Wunder mit ihnen geschehen ist.

Damals lebte auf der Burg der Ritter Hardowigo mit seiner Gemahlin Els-Marie. Nur ein paar arme Bauernhöfe gehörten zu ihrer Burg. Sie besaßen keine Reichtümer. Die Rittersleute waren dennoch zufrieden. Sie lebten bescheiden und hatten sich von Herzen lieb.

Einmal im Herbst, als der Wald sich bunt zu färben begann, wurde die benachbarte Burg Steineck von Feinden belagert. Hardowigo eilte den Bedrängten zu Hilfe und trieb die Angreifer in die Flucht. Aus Dankbarkeit für seinen Beistand lud ihn darauf der Ritter von Steineck zu einem Festmahl in seine Burg.

Staunend sah Hardowigo auf der Tafel roten Wein und erlesene Speisen in silbernen Gefäßen. An den Wänden hingen bunt gewebte Teppiche, und die Burgfrau trug Gold und Edelsteine über einem kostbaren Gewand.

Hardowigo bewunderte den Reichtum. Neid erwachte in seinem Herzen. Hastig trank er von dem roten Wein, leerte Becher auf Becher, bis er vom Wein berauscht war.

Auf dem Heimweg ritt er durch den herbstlich gefärbten Wald. Ein heftiger Wind schüttelte die mächtigen Baumkronen, und die Blätter wirbelten wie ein Goldregen durch die Luft. «Hei!» rief der Ritter und haschte nach dem goldenen Laub. «Reich will ich werden und leben wie der Ritter von Steineck! So, wie das goldene Laub zwischen den Ästen tanzt, soll mir das Gold in die Truhe springen!»

Da begann der Wind über seinem Haupt mächtig zu brausen. Die Äste der Bäume schlugen gegeneinander. In dem Tosen hörte Hardowigo eine Stimme, die sprach:

«Reich kannst du werden,
trink roten Wein!
Sollst Raubritter werden
und mächtig sein!»

Da zog eine finstere Macht in das Herz des Ritters ein. Als er seine Burg erreicht hatte, war er verwandelt. Els-Marie kannte ihren Gemahl nicht wieder. Ein harter Glanz lag in seinen Augen, und sie hörte kein freundliches Wort mehr aus seinem Munde. Schon am nächsten Morgen zog er mit seinen Kriegsknechten auf Raub aus.

Er überfiel die Kaufleute auf den Straßen und plünderte ihre großen Planwagen. Bald füllten sich die Kammern der Burg mit vielen kostbaren Gütern.

Zuweilen hielt Hardowigo einen reichen Kaufmann in seinem finsteren Turm gefangen. Nur durch reiches Lösegeld konnte der Gefangene seine Freiheit wiedererlangen.

Els-Marie litt großes Herzeleid um ihren Gemahl. Sie bat ihn, sein Räuberleben aufzugeben und wieder ehrlich und in Bescheidenheit mit ihr zu leben. Er aber war taub für ihr Bitten und Flehen.

Die Zeit schritt voran. Auf den Herbst folgte der Winter. Darauf zog der Frühling ins Land. Überall sprossen die Gräser und Blüten aus der neubegrünten Erde.

An einem klaren Maienmorgen begegnete Els-Marie ihrem Gemahl auf dem Ostturm der Burg. Soeben ging die Sonne golden hinter den Bergen auf. Blau leuchteten die Blüten des Vergißmeinnichts auf der Wiese vor dem Burgtor. Flehend bat Els-Marie ihren Gemahl, sein Leben zu ändern und sprach: «Beim Mantel der Maria, der so blau ist wie die Vergißmeinnichtwiese vor dem Tor, bitte ich dich, wieder ein redlicher Ritter zu werden!» Finster entgegnete Hardowigo: «Was soll mir der blaue Mantel der Maria? Ich begehre ihn nicht. Nach irdischen Schätzen steht mein Sinn.» Doch dann lachte er laut und sprach spottend: «Wenn diese Buche und jene Kiefer so nahe zusammenrücken, daß sich ihre Stämme berühren, dann will ich deiner Bitte nachgeben.»

Dabei deutete der Ritter auf zwei Bäume, die am Ende der Wiese in einiger Entfernung voneinander standen. Mit polternden Schritten stieg er dann die steile Turmtreppe hinab, rief nach seinem Roß und sprengte eilig über die Zugbrücke davon.

Nach der Begegnung auf dem Turm durchwachte Els-Maria drei Nächte im Gebet. Dann machte sie sich auf den Weg zu einem Einsiedler. Lange wanderte sie bis zum Fuße der Milseburg. Dort lebte ein frommer Mann in einer Hütte.

Die Rittersfrau erzählte ihm von ihrer Not und bat ihn um Hilfe. Der Einsiedler sprach zu ihr: «Errichte auf der Wiese vor der Burg eine kleine Kapelle. Jeden Morgen und jeden Abend bete dort für das Seelenheil deines Gemahls. Deine Tränen sammle in einer Schale und begieße mit ihnen die Wurzeln der Buche und der Kiefer. Vielleicht werden die Himmlischen sich erbarmen und dir Hilfe senden.» Els-Marie dankte dem Einsiedler und wanderte heimwärts.

Aus Steinen ließ sie eine kleine Kapelle erbauen. Morgens und abends betete sie vor dem Altar und trug ihre Tränen zu den Bäumen mit dem innigen Wunsch, die Bäume möchten näher zueinanderrücken. So vergingen drei Jahre.

Wieder war es Winter geworden. Eine weiße Schneedecke breitete sich über die Erde. Am Tag vor dem Heiligen Abend sprengte ein Bote in den Burghof und trat in die Halle ein. Er schüttelte den Schnee von seinem Mantel und berichtete dem Burgherrn mit lauter Stimme: «Morgen rollen die Weihnachtsgaben der frommen Klosterfrauen aus Schweinfurt nach Fulda zum Bischofspalast. Pelze, fränkischer Wein, Schinken und süße Honigkuchen lagern wohlverpackt auf den Planwagen.»

«Das ist die rechte Weihnachtsbeute», rief lachend der Ritter Hardowigo und schlug mit der Faust auf den Eichentisch, daß die Weinbecher zu tanzen begannen. «Der Honigkuchen aus dem Backofen der frommen Nonnen soll meinen Gaumen und nicht den des Bischofs erfreuen.»

Schon in der Morgendämmerung des nächsten Tages verließ der Ritter mit seinen Knechten die Burg. Seine Gemahlin weinte bittere Tränen und kniete lange in der Kapelle. Sie bat die Gottesmutter im blauen Mantel um Hilfe.

Gegen Mittag zogen dicke Wolken am Himmel auf. Es begann zu schneien. Immer heftiger trieb der Wind die Flocken. So dicht wirbelten sie umher, daß Burg und Bäume, Weg und Steg im Schneetreiben verschwunden waren. In banger Sorge wartete die Rittersfrau auf die Rückkehr ihres Gemahls.

Als es draußen dämmerte, kehrten die Männer heim. Hardowigo polterte in heftigem Zorn: «Die Gaben der Nonnen sind uns entwischt. Der ganze Weihnachtsschmaus ist uns entgangen. Das Schneetreiben hat uns die Beute vereitelt. Im Walde haben wir uns verirrt. Schon hörten wir die Räder der schwer beladenen Wagen und das Schnauben der Zugpferde; doch als wir endlich auf die Straße gelangten, fanden wir im Schneegestöber nur eine Frau auf einem armseligen Esel. Führt sie herein!»

Auf dem Burghof stand ein Esel. Er drängte sich dicht an eine junge, schöne Frau im blauen Mantel. Als sie eintrat, wurde es heller in der Halle. Ein lichter Schein umgab ihr liebliches Gesicht. Der blaue Mantel hüllte sie ein. Der Ritter zog einen großen, rostigen Schlüssel aus seinem Wams und winkte dem Turmwächter.

«Heda!» rief er. «Bring die Gefangene in den Turm! Nicht eher wird sie den Ort verlassen, bis das Lösegeld auf meinem Tische liegt.»

Da schlüpfte unter dem blauen Mantel der Fremden ein kleiner Knabe hervor. Sein Haar glänzte wie reife Ähren im Sonnenschein. Das Kind lief zu dem Ritter und langte nach dem Schlüssel. Hardowigo stutzte und ließ die im Zorn erhobene Faust sinken. Sein von Unmut gerötetes Gesicht erbleichte. Stumm schaute er auf den Knaben, und der Schlüssel fiel klirrend auf den steinigen Fußboden. Der Knabe hob ihn auf und trug ihn durch die Halle zu Els-Marie.

Die Rittersfrau sprach: «Heute ist die Heilige Nacht. Da geziemt es uns nicht, die fremde Frau mit ihrem Kind in die Kälte und Finsternis des Gefängnisturmes zu führen. In meinem Gemach will ich sie am warmen Kaminfeuer beherbergen.» Schweigend ließ sie der Ritter gewähren.

Els-Marie führte die Fremde im blauen Mantel mit ihrem Knaben in das Frauengemach. Warme Speisen und Getränke trug sie herbei und bereitete neben dem Feuer ein weiches Lager aus Fellen.

Um Mitternacht ging die Rittersfrau zur Kapelle. Sie betete zur Mutter Gottes und ihrem heiligen Kind. Auf dem Altar leuchteten die Kerzen. Ihr Schein drang durch das kleine Fenster der Kapelle über die Wiese bis hin zu Kiefer und Buche. Noch immer standen die Bäume getrennt voneinander da.

Nun ging die Türe auf, und die Frau im blauen Mantel trat mit dem Knaben herein. Heller wurde es in der Kapelle, und die Fremde bedeutete Els-Marie, ihr zu folgen.

Draußen glitzerte der Schnee im Mondlicht. Droben am Nachthimmel glänzten die Sterne. Die beiden Frauen wanderten über die verschneite Wiese. Nun löste sich der Knabe vom Arm seiner Mutter. Eilig lief er über den Schnee und rührte mit der Hand an die rauhe Rinde der Kiefer. Da erschien über ihrem Stamm ein schönes Angesicht. Es war die Baumnymphe der Kiefer. Nun lief der Knabe weiter und berührte die glatte Rinde der Buche. Über ihrem Stamm schwebte die Baumnymphe der Buche. Der Knabe sprach mit den Baumgeistern.

Da begann es sich in der Erde zu regen. Die Erde wurde durchsichtig wie Glas. Bärtiges Gnomenvolk wirkte zwischen den Wurzeln der Bäume. Emsig lockerten die Erdmännlein das Erdreich auf. Nach einer Weile hub in den Zweigen der Bäume ein feines Singen an, und die Stämme rührten sich. Kiefer und Buche begannen zu wandern und glitten mit ihren Wurzeln einander entgegen, bis sich ihre Stämme berührten.

Els-Marie hatte mit staunenden Augen das Wunder gesehen. Sie kniete vor den Bäumen nieder und umfing beide Stämme mit ihren Armen.

So fand sie ihr Gemahl. Der Esel hatte ihn mit lautem Geschrei aus dem Schlaf geweckt und auf die Wiese geführt. Gern war Hardowigo ihm gefolgt. Die dunkle Macht war in der Heiligen Nacht von ihm gewichen, und seine Augen schauten wieder hell und klar in die Welt. Nicht länger wollte er ein Raubritterleben führen. Liebreich umarmte er seine Gemahlin und dankte ihr für ihre treue Liebe.

Die geraubten Güter verteilte Hardowigo an die Armen und wurde wieder ein redlicher Ritter. Noch viele Jahre lebte er mit Els-Marie in herzlicher Liebe vereint. Segen waltete über ihrem Tun.

Wer heute zur Sommerszeit die Überreste der alten Burg aufsuchen will, kann auch die beiden Bäume noch sehen. Eng schmiegen sich ihre Stämme aneinander. Die Wiese mit den blauen Blüten des Vergißmeinnicht mag den Wanderer dann an den blauen Mantel der Maria und an das wundersame Geschehen in jener Weihnacht erinnern.

Lod und das Trollkind
in der Weihenacht

An der Küste von Norwegen, wo die Berge fast bis an das Meer vordringen, lag vor Jahren ein Hof. Trollhof wurde er genannt, denn in den nahen Bergen hausten Trolle. Sie mochten die Menschen nicht in ihrer Nähe haben und fügten ihnen mutwillig Schaden zu, um sie zu vertreiben.

Wenn die Zeit der Heuernte kam, zertraten die Unholde die Wiesen. Und wenn die Herbststürme vom Meer her brausten, jagten sie die Kühe und Schafe mit wildem Geheul über die Klippen ins Meer. Im Herbst standen dann Heuschuppen und Ställe leer, und der Bauer mußte mit dem Bettelsack den Hof verlassen. Die Trolle hatten schon viele Bauern vertrieben, und keiner wollte mehr an diesem Orte leben. Lange Jahre stand der Trollhof leer; nur die Vögel nisteten unter dem Dach.

Eines Tages aber wagte sich doch wieder ein Bauer an den verrufenen Ort. Lod hieß der junge Mann. Er hatte kupferrotes Haar und ein fröhliches Herz; fleißig und treu war er und kannte keine Furcht.

Beim Einzug der Bauersleute auf dem Hof sprach Lod zu seiner Frau: «Im Vertrauen auf Gottes Hilfe und mit frohem Mut wollen wir unser Glück auf dem Hof versuchen. Vielleicht wird das Unwesen der Trolle einmal ein Ende finden.» Dabei schlug er das Kreuzeszeichen über die Schwelle des Hauses und gegen die Trollberge.

Fleißig schafften die Bauersleute nun Ordnung auf dem Hof.

Sie flickten Dach und Fensterläden, reinigten die Ställe und versorgten das Vieh.

An einem Sonntag morgen machte sich Lod auf den Weg in die Berge, um Weideplätze für seine Schafe zu suchen. Vor einer Felswand fand er eine gute Weide, auf der Blumen und würzig duftende Kräuter wuchsen. Als er sich niedersetzen wollte, um eine Weile zu rasten, stieß sein Fuß an einen Kristall. In allen Farben des Regenbogens glitzerte der Stein im Sonnenlicht. Staunend betrachtete Lod den kostbaren Fund und barg ihn in seiner Tasche. Auf dem Heimweg entdeckte er in den Felsen der Querberge eine Höhle. Sie lag nicht weit von seinem Hof entfernt.

«Sollten hier die Trolle hausen?» sprach Lod leise zu sich. «Ich will ihnen den schönen Kristall schenken. Vielleicht kann ich sie damit friedlich stimmen.»

Er legte den glitzernden Stein auf ein grünes Moospolster und ging heim.

Die Zeit der wilden Herbststürme war glücklicherweise vorübergegangen. Der Winter war eingekehrt und hatte Berg und Tal unter einer weißen Schneedecke begraben. Am Strand türmten sich weiße Eisschollen.

Am Tag des Heiligen Abends war das Wetter so mild, daß die Schafe über Mittag den Stall verlassen durften. Unter der Schneedecke scharrten sie nach Futter. Bei der Heimkehr der Herde bemerkte Lod, daß ein Lamm fehlte. «Ich will mich sogleich auf die Suche nach dem Tier machen», sprach er zu seiner Frau. Sie hatte gerade duftende braune Honigkuchen gebacken und legte ihrem Manne einige als Wegzehrung in seine Tasche. «Nimm die braunen Kuchen mit», sprach sie freundlich. «Sie mögen dich auf deinem Weg stärken! Bald beginnt die Heilige Nacht.»

Lod dankte und stampfte in seinen hohen Stiefeln davon. Der Schnee krachte unter seinen Füßen. Über den Bergen standen dunkelblaue Wolken, und es dämmerte stark. Nun ging der Mond über dem Meere auf und breitete sein silbernes Licht über die Schneedecke aus. Lod suchte das Lamm zuerst in der Ebene.

Dann wandte er sich den Bergen zu. Zwischen Felsbrocken und Föhren kletterte er aufwärts und lockte dabei das verlorene Tier mit dem Hüteruf.

Auf einem Felsenbuckel fand er das Lamm in Dornen gefangen. Sorgsam befreite er das angstvoll blökende Tier und legte es behutsam über seine Schultern. «Gott sei gedankt!» sprach Lod freudig. «Nun geht es heimwärts.»

Plötzlich hörte er ein lautes Stöhnen und erblickte im Mondenlicht neben der Wurzel einer alten Föhre ein Wesen mit einem mächtigen Kopf. Es war ein Trollkind. Lod sah, daß ein großer Stein auf dem Bein des Trollkindes lag. Es konnte sich nicht von der Stelle rühren und rief mit seiner rauhen Stimme:

«Drückt der Stein, drückt der Stein,
auf mein Bein, auf mein Bein,
macht mir weh, macht mir weh,
kann nit treten auf den Zeh.»

Voller Mitleid sprach Lod: «Ich will dir gern helfen.» Er wälzte den Stein zur Seite und richtete das Trollkind auf. Aber es konnte mit seinem verletzten Fuß nicht auftreten und klammerte sich ängstlich an Lod.

«Hab' keine Furcht!» sprach Lod. «Wenn du nicht gehen kannst, will ich dich tragen.» Da verschwand der Mond hinter einer Wolke. Ganz finster wurde es mit einem Male. «Geduld! Nun müssen wir warten, bis der Mond wieder scheint», sprach Lod, «sonst könnte ich beim Abstieg mit dir über die Felsen stürzen.»

Er kehrte den Schnee von einem Stein, bedeckte ihn mit einem trockenen Föhrenzweig und setzte sich mit dem Trollkind darauf. Das Lamm lag ruhig auf seinen Schultern. So saßen sie beisammen, warteten auf den Mond und schauten in die dunkle Nacht. In der Ferne schimmerte das Meer silbern im Mondlicht.

Das Lämmchen schmiegte sich an seinen Beschützer und hielt ganz still. Das Trollkind stöhnte zuweilen leise.

Nach einer Weile begann Lod ein Lied zu summen. Er sang ein Weihnachtslied vom Christkind im Stall. Das Trollkind lauschte und wurde ganz still. Dann öffnete Lod seine Tasche und verteilte den Honigkuchen. Friedlich war es unter der Föhre.

Mit einem Male gingen die Wolken auseinander, der Mond erschien und der Schnee glänzte hell. «Nun können wir aufbrechen», sprach Lod fröhlich. «Wohin soll ich dich tragen?» Mit rauher Stimme erwiderte das Trollkind: «Bring mich zum dritten Querberg, dort bin ich daheim!»

Lod umfaßte das Trollkind mit beiden Armen und trug es an Felsbrocken und Büschen vorbei den Felsbuckel hinab. Auf seinen Schultern lag das Lamm. Aber bei jedem Schritt wurde das Trollkind schwerer, als ob es aus Blei wäre. So schwer wurde das Trollkind, daß Lod meinte, seine Füße würden zu Stein und seine Arme brächen ab.

Behutsam setzte er seine Last auf den Schnee, um zu verschnaufen. Da fuhr ein Nordlicht über den Himmel. Weiß und grün zog es in einem Band vom Meer bis zum Zenit, und Lod erblickte in dem farbigen Leuchten einen Engel. «Heute ist das Christkind geboren!» rief er hinauf, und sein Herz wurde ganz licht und froh. Als das Leuchten erlosch, nahm er mutig seine Last wieder auf. Aber was war geschehen? Das Trollkind war leichter geworden. Ermutigt stapfte Lod durch den Schnee voran und sah schon die Klippen am Strande im Mondlicht glänzen.

Da fuhr ein zweites Nordlicht über den Himmel. Rot und grün und weiß weitete es sich zu einem hohen Bogen aus, und Lod erblickte darin Engel, die sangen mit lieblichen Stimmen. Er stand still und rief hinauf: «Heute ist das Christkind geboren; es bringt uns seine Liebe.»

Das Lämmchen hob die Ohren, das Trollkind reckte den dicken Kopf empor. Lod schaute und lauschte und konnte seinen Blick nicht abwenden. Erst als das Licht erlosch, wanderte er weiter. Wieder war seine Last leichter geworden. Rascher kam er voran und sah in der Ferne schon die Querberge vor sich liegen.

Da fuhr zum dritten Mal ein Nordlicht über den Himmel. Langsam glühte es auf und erfüllte mit weißen, roten und goldenen Farbbändern die ganze Himmelskuppel. Wie eine große Blüte stand sie offen da.

Wieder erblickte Lod Engelscharen und hörte himmlische Gesänge. Froh rief er hinauf: «Heute ist das Christkind geboren. Es will die ganze Welt erlösen.» Da wurde das Trollkind mit einem Male so leicht wie ein Federflaum. Leicht hob er es in das Licht hinauf.

Als das Leuchten langsam erlosch, setzte Lod seinen Weg fröhlich fort und gelangte bald zum dritten Querberg. Da glitt das Trollkind von seinen Armen, lächelte mit den dicken Lippen und humpelte eilig davon. Bald darauf erreichte Lod glücklich den Hof und trug das Lamm in den Stall.

Im Haus saß die Frau am flackernden Herdfeuer und hatte lange schon auf ihren Mann gewartet. Nun zündete sie freudig die Weihnachtslichter an, und Lod erzählte von seiner Wanderung mit dem Trollkind in der Weihenacht. Sie sprachen ihr Nachtgebet und befahlen sich, den ganzen Hof und auch das Trollkind in die Hut des Christkindes.

Als die beiden hernach auf der Bettbank lagen und am Einschlafen waren, hörten sie draußen schwere Schritte. Stampfend und polternd zog jemand ums Haus. «Wehe!» flüsterte die Frau. «Sind das die Bergtrolle, die uns Böses tun wollen?»

«Fürchte dich nicht! Heute ist die Heilige Nacht», sprach Lod, «da waltet Friede bei den Menschen und auch bei den Trollen.» Nun wurde es draußen still.

Am nächsten Morgen wollte Lod zum Melken in den Stall gehen und öffnete die Türe. Da fiel ihm ein großer Sack entgegen und öffnete sich. Gold und Silber ergoß sich in den Raum und bedeckte den Fußboden bis zum Aschenkasten vor dem Herd. «Die Trolle danken dir und wollen dich beschenken», jubelte die Frau. «Nun wird alles gut werden.»

Und das Leben auf dem Trollhof wurde gut. Als das Gras

gemäht werden sollte, war keine Wiese zertreten. Und als die Herbststürme über das Meer brausten, stürzte kein Tier über die Klippen ins Meer. Die Leitkuh fand jetzt immer gute Weideplätze, auf denen würzige Kräuter wuchsen, und die Kühe gaben so reichlich Milch wie nie zuvor.

Von dem Trollschatz schenkte Lod die Hälfte den Armen in seinem Heimatort. Von der anderen Hälfte baute er Haus und Stall neu und kaufte sich schöne Viehherden. Und das Haus füllte sich mit Kindern.

An jedem Weihnachtsabend trug Vater Lod ein Päckchen von den süßen Honigkuchen zu den Trollen im dritten Querberg. Dann fuhr immer ein Nordlicht über den Himmel, dehnte sich in farbigen Bändern aus, und Lod rief mit kraftvoller Stimme: «Frohe Weihenacht! Heute ist das Christkind geboren, zur Erlösung aller Wesen auf der Erde.»

Jedesmal hörten die Trolle dankbar diese Botschaft. Sie streckten ihre großen Köpfe aus der Felsenhöhle hervor, lächelten mit den breiten Lippen und nickten Vater Lod freundlich zu.

Die Geschichte vom gestohlenen Krippenkind

Der Geigenhansel war ein munterer, fröhlicher Geselle und lebte in einem Dorf, das von einem dichten Wald umgeben war. Er hatte ein gutes Herz. Wenn er bei einer Kirchweih oder Hochzeit seine Geige lustig erklingen ließ, wollte er damit allen Menschen Freude schenken.

Einmal wurde er am frühen Morgen des vierundzwanzigsten Dezember in ein entferntes Dorf gerufen, um dort bei einer Kindtaufe aufzuspielen. Eilig machte er sich am Nachmittag auf den Heimweg, denn er durfte nicht versäumen, in der Weihnachtsmesse den Gesang der Gemeinde mit seiner Geige anzuführen. So war er eine gute Weile glücklich heimwärts gewandert.

Plötzlich zogen Wolken auf, und es erhob sich ein Schneesturm. Die Flocken wirbelten so dicht, daß er bald den Weg verlor. Vom langen Umherirren ermüdet, suchte er unter den tief zur Erde herabhängenden Zweigen einer Tanne ein Ruheplätzchen. Da ertastete er einen Felsen und fand eine Öffnung. Er tappte in einen dunklen Gang und hörte bald viele Männerstimmen laut miteinander reden.

«Ei!» sprach er leise zu sich. «Nun bin ich gar in eine Räuberhöhle geraten. Aber ehe ich draußen im Schnee erfriere, will ich mich lieber mutig unter die Rauhbärte wagen. Sie sind auch Menschenbrüder. Das Christkind möge mich und sie in der Heiligen Nacht behüten!» Nach wenigen Schritten erreichte er eine große, hochgewölbte Höhle, die von flackerndem Fackellicht erhellt war. An einem langen Tisch saß eine Räuberschar beim Mahle. Die Männer trugen Hüte auf dem Kopf und hatten lange, zottige Bärte. Sie schienen satt und friedlich. Ein großer Braten war fast ganz verzehrt. Auf der rechten Seite der Höhle hockte am Rand einer Feuerstelle eine alte Frau mit blitzenden Ohrringen. Sie nagte an einem großen Knochen. Neben ihr schlief ein kleines Kind auf einem Lager aus Fellen.

Der Geigenhansel trat an den Tisch ins Licht. Sogleich umringten ihn die rauhen Gesellen mit lautem Hallo. Sie packten ihn und durchsuchten eilig seine Taschen, fanden jedoch nur die Geige.

Der Geigenhansel erzählte, daß er die Groschen, welche er als Lohn erhalten, dem Täufling unter das Kissen gesteckt hatte, denn dessen Eltern wären arm wie die Kirchenmäuse. Er erzählte auch noch, wie er sich auf dem Heimweg im Schneesturm verirrt hatte, und er bat die Räuber um Aufnahme, bis das Schneetreiben vorüber sei.

Darauf knurrten einige Räuber unwillig. Der Räuberhauptmann aber sagte freundlich: «Da der Schneesturm uns den Geigenhansel als Weihnachtsgast hereingewirbelt hat, mag er in Frieden bei uns bleiben. Wir wollen ihm nichts Böses tun. Er kann uns den langen Abend mit seinen lustigen Tanzweisen verkürzen.»

Nun zerrten die Räuber den halberfrorenen Wandersmann unter Lachen und Lärmen zum Tisch und ermunterten ihn, die steifen Glieder an heißem Glühwein und Braten zu erwärmen. Der Geigenhansel ließ sich nicht nötigen und griff herzhaft zu. Bald war er warm und satt und begann, langsam die Saiten seiner Geige zu streichen. Er spielte lustige Tanzweisen. Die Räuber klatschten mit den Händen dazu, stampften den Takt mit den Füßen und wurden immer lustiger.

Da aber geriet dem Geiger unversehens ein Weihnachtslied zwischen die Tänze. Er begann leise vom Christkind in der Krippe zu singen. Die Räuber spitzten die Ohren, und plötzlich rief der Räuberhauptmann: «Wenn unser Gast schon vom Krippenkind singt, so holt es hervor! Legt es auf den Tisch! Vor einem Jahr haben wir es aus der Kirche geraubt, und so ist es unser. Geh, spiel ihm nur alle deine Wiegenlieder, bis es einschläft! Ho, ho!»

Unter lautem Gelächter brachten die Räuber eine Krippenfigur auf den Tisch. Sie hatte die Größe eines kleinen Kindes, war kunstvoll aus Holz geschnitzt und farbig angemalt.

Der Geigenhansel betrachtete das Krippenkind und verwunderte sich sehr. Leise sprach er zu sich: «Sehe ich recht? Ja, es ist unser liebes hölzernes Christkindl, was seit einiger Zeit aus dem Krippenschrein in der Kirche verschwunden ist. Gern will ich ihm hier in der Heiligen Nacht aufspielen!»

Er strich über die Saiten und sang mit seiner hellen Stimme alle Weihnachtslieder, die ihm in den Sinn kamen. Ein Lied reihte sich an das andere. Die Räuber wurden dabei immer stiller und lauschten immer andächtiger. Aller kecker Übermut war aus ihren Gesichtern verschwunden. Sie erinnerten sich lang vergessener Zeiten, als sie das Räuberleben noch nicht kannten und in einem Dorfe wohnten. Damals hatten sie jede Weihnacht die alten Krippengesänge gehört und auch gesungen. Schön war das gewesen. Hie und da seufzte einer leise und wischte sich eine Träne aus dem Auge.

Inzwischen war das Räuberkind auf seinem Lager in der Ecke erwacht und hatte eine Weile still zugehört. Nun lief es in seinem roten Röckchen eilig zum Geigenhansel, griff nach seiner streichenden Hand und versuchte sie zu küssen. Sogleich brummte die Räubergroßmutter vom Feuerplatz her: «Seht an, des Räuberhauptmanns Tochter weiß, was sich gehört! Ihre Mutter – Gott hab' sie selig! – hat sie gelehrt, daß man auch danken muß!»

Da erhoben die Räuber ein brausendes Gelächter. Sie lobten den Geiger, lobten die Räubergroßmutter, und sie lobten des Räuberhauptmanns Töchterlein. Geschwind klaubten sie Gold- und Silbermünzen aus ihren Taschen hervor und warfen sie dem Geigenhansel zu, um ihn zu beschenken. Der lehnte jedoch alles ab und meinte: «Unrecht Gut bringt keinen Segen! Auch ohne Dankesgabe spiele ich euch gerne auf.»

Nun bot der Räuberhauptmann dem Geigenhansel einen Esel zum Geschenk an. Der stand verborgen im Dunkeln in einer Ecke. Der Räuberhauptmann ließ ihn ans Licht führen und sprach: «Deine Wege zur Hochzeit und Kindtaufe magst du künftig auf dem Grauen reiten und kannst so deine Beine schonen!»

Geigenhansel schüttelte jedoch wieder den Kopf und meinte: «Ihr solltet das gute Tier lieber seinem Eigentümer zurückbringen. So handelt ihr nach Gottes Wohlgefallen und erfreut das heilige Weihnachtskind.»

Da sprang das Räuberkind auf und kletterte auf den Tisch. Geschickt schlängelte es sich zwischen Weinkrügen, abgenagten Knochen und den Räuberdolchen hindurch und begann das Krippenkind sachte hin und her zu wiegen. Dabei summte es leise. Die Räuber schauten regungslos auf das liebliche Bild und schwiegen. Plötzlich hielt das Räuberkind im Wiegen inne, hob das Krippenkind dicht an sein Ohr und flüsterte: «Still, es hat mit mir gesprochen. Ihr sollt es mit dem Esel zurück in die Kirche bringen – dann werden wir alle eine glückliche Weihnacht erleben!»

Schon wollte der Räuberhauptmann zornig aufbrausen. Seine geballte Faust sank jedoch herab. Er riß sich den Hut vom Kopf und starrte auf seine Tochter. Sie strich ihre langen schwarzen Locken aus dem zarten Gesichtchen, hob mit der kleinen Hand das Krippenkind hoch empor und zeigte es jedem Räuber in der Runde. Da schien es allen, als ob ein heller Lichtschein um des Krippenkindes Köpfchen leuchtete.

Jeder Rauhbart meinte, es hätte mit seinen blauen Äuglein geradewegs zu ihm hingeschaut. Die Räuber sprangen von ihren Sitzen auf, hielten ihre Hüte in den Händen und neigten die Köpfe. Der Räuberhauptmann aber sprach: «Die sanften Lieder und das Kind haben unsere Räuberherzen angerührt. Wenn es das Wetter erlaubt, wollen wir uns auf den Weg zur Kirche machen. Du, Geigenhansel, sollst auf dem Esel voranreiten und das Krippenkind tragen.»

Geschwind fuhren die Räuber in ihre Pelze und eilten aus der Höhle. Die Räubergroßmutter hüllte das Räuberkind in ein warmes, blaues Tuch und setzte es vor den Geigenhansel auf den Rücken des Esels. In den Falten des blauen Manteltuchs geborgen, trug das Räubermädchen nun das Krippenkind auf seinem Schoß. So begann die Reise mit dem Krippenkind auf dem gestohlenen Esel durch die Heilige Weihenacht.

Der Schneesturm hatte sich gelegt. Zwischen den Bäumen glänzten golden die Sterne am Himmel. Der Geigenhansel ritt voraus, die Räuberschar folgte schweigend nach, und die alte Räubergroßmutter humpelte hinterdrein. Der Esel schien den Weg zu kennen und trabte immer munterer voran.

Nach einer knappen Stunde verließen sie den Wald und erreichten das Dorf mit der Kirche. Sie war hell erleuchtet. Die Weihnachtsmesse hatte schon begonnen.

Vor der Kirche stieg der Geigenhansel vom Esel herab und öffnete leise die Tür. Da trabte das Grautier mit seiner kleinen Reiterin ins Kirchenschiff, während die Gemeinde ein Lied sang. Der kluge Esel stellte die Ohren aufrecht und ging mit zierlichen Schritten geradewegs auf seinen Herrn zu. Das war der Pfarrer, der im Talar vor dem Altar stand und kräftig sang.

Der Gemeindegesang stockte, während das Grautier zwischen den Bänken dahintrabte. Der Pfarrer wollte sich schon verwundert umdrehen, um die Ursache für das Verstummen zu erkunden. Da bemerkte er ein kleines Mädchen im blauen Tuch auf dem Boden und erkannte neben ihm seinen gestohlenen Esel. Das Mädchen war lautlos vom Esel herabgeglitten, saß auf der letzten Altarstufe und wiegte das Krippenkind auf seinen Knien. Es wiegte ganz behutsam, neigte dabei das Köpfchen und bedeckte die hölzernen Beinchen mit seinem blauen Manteltuch. Der Pfarrer hielt nun auch im Singen inne.

Unterdessen war der Geigenhansel dem Esel gefolgt und stand neben dem Räubermädchen. Rasch strich er über die Saiten seiner Geige und begann kräftig zu singen. Sogleich stimmte die ganze

Gemeinde ein, und es erhob sich ein strahlender Jubelgesang; der tönte so herrlich durch die Kirche, daß der Pfarrer meinte, die Schutzengel der Räuber hätten vor Freude über ihre Schutzbefohlenen mitgesungen.

In den hintersten Bänken saßen die Rauhbärtigen, zuerst ein wenig im Schatten versteckt. Als aber der Pfarrer zu predigen begann, rückten sie langsam immer mehr aus dem Dunkel in den Schein der Kerzen. Der Pfarrer sah in den Augen der Räuber ein warmes Licht, während sie lauschend zur Kanzel emporschauten und mit bebenden Händen Tränen aus ihren Bärten wischten.

Der Pfarrer hielt in dieser Heiligen Nacht seine schönste Predigt. Er sprach vom Christkind, das vor langer Zeit im Stall zu Bethlehem geboren wurde, und wie es seitdem jedes Jahr in jedem Menschenherzen neu geboren werden möchte. So gern wolle es eingehen in die Herzen der Menschen, wenn ihm nur die Türe aufgemacht würde. Seine große, himmlische Liebe schenke es allen Menschen und allen Wesen auf der Erde, sogar den Felsen und Tannen im Wald, den Ochsen und Eseln und auch den in Herzensdunkelheit verirrten Menschen. Das Christkind wolle sie in seiner großen Liebe erlösen und ins helle Weihnachtslicht führen.

Die Kirchgänger lauschten so andächtig, daß zuweilen das Tropfen der Wachskerzen an den Wandleuchtern zu hören war. Nur der Esel schnaufte einmal laut auf, trottete gemächlich zur Kanzel und schaute mit hochgerecktem Kopf regungslos zu seinem Herrn empor.

Schließlich war der Gottesdienst beendet. Da trat der Räuberhauptmann vor den Pfarrer. Er kniete neben seiner Tochter nieder und bat um Verzeihung. Er gestand, daß er mit seinen Gesellen das Krippenkind und den Esel fortgenommen hatte und in langen Jahren noch viel mehr.

Dann sprach er feierlich: «Heute ist das Christkind bei uns eingezogen, wie du es selbst gesagt hast», und er fuhr fort: «Wenn das Gotteskind uns verzeiht und auch du und die Menschen im

Dorfe uns verzeihen wollen, so werden wir unser Räuberleben aufgeben, alles gestohlene Gut zurückgeben und wieder als ehrliche Menschen leben.»

Da umarmte der Pfarrer den Räuberhauptmann, und das Räubermädchen reichte ihm das Krippenkind. Der Pfarrer legte es behutsam in die Krippe vor Maria und Josef. Dort lag es nun wieder an seinem rechten Platz, auf Heu und Stroh. Eine lange Reise hatte es gemacht. Diese Reise war jedoch nicht umsonst gewesen, denn nur mit dem gestohlenen Krippenkind hatte der Geigenhansel die Rauhbärte auf den Weg ins Weihnachtslicht zurückführen können.

Nun ließ der Esel ein lautes Iah ertönen und griff mit seinen Lippen hungrig nach einem goldenen Strohhalm, der aus Christkindleins Krippe zum Erdboden gefallen war. Die Kirchgänger lachten herzlich. Sie streichelten den braven Esel, traten fröhlich zum Krippenschrein und bewunderten das wiedergefundene Christkind. Schließlich wünschten sich alle eine gesegnete Weihenacht, und jeder ging nach Hause.

Die Räuber haben ihr Wort gehalten. Froh kehrten sie in ihre Höhle zurück. Ehe der Dreikönigstag nahte, hatten sie alle gestohlenen Schätze zurückgegeben. Danach lebten sie in den umliegenden Dörfern als ehrliche Menschen von der Arbeit ihrer Hände.

Als das Räubermädchen zu einer schönen Jungfrau herangewachsen war, feierte der Geigenhansel mit ihm Hochzeit. Als Hochzeitsgabe erhielt das Brautpaar vom Pfarrer den braven Esel, auf dem die beiden einst in der Weihenacht aus der Räuberhöhle zur Weihnachtsmesse geritten waren.

Trollweihnacht in Haljaborg

Haljaborg war ein Kirchdorf in Norwegen. Hinter den Dorfweiden erstreckte sich eine hohe Bergkette. In ihren Felsen hausten die Trolle. Wie man weiß, hassen manche der Großköpfigen mit den plumpen Ohren und breiten Nasen die Menschen und trachten danach, ihnen Schaden anzutun, wo sie nur können. Die Trolle von Haljaborg aber waren den Menschen freundlich gesonnen.

Die Leute erzählten, daß in jedem Jahr die Trolle in ihren Bergen die Weihnacht erlebten. Die große Trollhöhle sei dann von himmlischer Herrlichkeit und Musik erfüllt.

Einmal konnte der Hirte Kjetil das Wunder in der Höhle wahrnehmen. Er hatte sich verirrt und war zwischen die Felsen gestürzt. Kjetil mochte darüber nicht sprechen. Nur dem alten Pfarrer Johnson erzählte er davon.

Nach vielen Jahren war der alte Pfarrer gestorben und ein neuer Pfarrer zog ins Dorf. Er kam mit seinem Sohn Ole; die Frau war nicht mehr am Leben. Als er von der Trollweihnacht hörte, wurde er zornig und sagte: «Das Weihnachtsfest ist für die Menschen und nicht für das Trollpack. Nicht eher will ich an das Wunder glauben, bis ich es mit eigenen Augen gesehen habe.»

So mußte am nächsten Weihnachtsabend der Hirte Kjetil den neuen Pfarrer zur Trollhöhle führen. Als dieser den Glanz und die Herrlichkeit erblickte, erwachte in seinem Herzen der Neid. «Nein!» rief er. «Es kann nicht wahr sein, daß Gott dem Trollpack ein schöneres Weihnachtsfest beschert als den Menschen. Gewiß ist alles nur ein Blendwerk des Teufels.»

Da durchdröhnte ein Donnerschlag die Höhle. Es wurde dunkel, und nur das Wehklagen der Trolle war zu hören. Ein Steinhagel traf die beiden Männer, und sie flohen aus der Höhle. Mit letzter Kraft schleppte sich der Pfarrer nach Hause auf sein Lager. Er konnte es nie mehr verlassen, und seine Kräfte nahmen täglich ab.

Seit der unheilvollen Nacht war das Weihnachtswunder nicht wieder in der Trollhöhle eingekehrt. Die Trolle zürnten den Menschen und trachteten danach, ihnen Böses zu tun. Besonders gegen den Pfarrer und seinen Sohn Ole richteten sie ihren Zorn.

Das Herz des Pfarrers war von tiefer Reue erfüllt, und er wollte sein frevelhaftes Tun wieder gutmachen. Auf dem Sterbelager bat er seinen Sohn, Pfarrer in Haljaborg zu werden und die Trolle zu versöhnen, damit das Weihnachtswunder wieder geschehen könne. Erst dann werde seine Seele Frieden finden.

Als der Pfarrer begraben war, wälzten die Trolle in der Nacht Steinblöcke auf das Grab und jagten seine Schafe in die Felsen. Ole verließ das Dorf und kehrte nach zwei Jahren als neuer Pfarrer zurück; er konnte aber keinen Weg zur Versöhnung mit den Trollen finden.

Im Herbst nahm Ole einen jungen Burschen zu sich ins Haus. Esben hatte ein gutes Herz, er war fleißig und treu. Gern hütete er die Schafe und half dem Pfarrer im Hauswesen. Auch die Kirche hielt er rein. Er läutete die Glocken und trat den Blasebalg, wenn der Pfarrer am Sonntag die Orgel spielte.

Esben hatte von den Sorgen des jungen Pfarrers gehört und wollte ihm helfen. Aus Schilfrohr schnitzte er sich eine Pfeife und zog mit den Schafen in die Nähe der Trollberge. Dort entlockte er dem Instrument klagende Töne und schaute zu den Bergen empor. Nach einigen Tagen bemerkte er, wie ein dicker Kopf zwischen den Felsen auftauchte. Da spielte er rasch einige Läufe und ließ einen Triller nachfolgen. Der große Kopf verschwand, und nach kurzer Zeit kam der Troll vom Berg herab auf die Weide gestampft. Sein linker Fuß war gekrümmt und er hinkte ein wenig.

«Krakahn – krakehn!» brummte der Troll, «ich will auch Musik machen.» Und er griff nach der Pfeife. Mit aller Kraft blies er hinein, aber sie zerbrach zwischen seinen plumpen Fingern.

Da lachte Esben und sprach: «Meine Pfeife taugt nicht für Trollhände. Komm zu mir in die Kirche. Dort kann ich dir eine Pfeife aus Metall geben, die du nicht zerbrechen wirst.» Der Troll nickte zustimmend mit dem dicken Kopf und lächelte.

Da drangen plötzlich zornige Schreie aus dem Berg, und Steine flogen auf die Wiese. Eilig hinkte der Troll davon und verschwand in den Felsen.

Nun ließ Esben jeden Tag seine Pfeife am Trollberg ertönen. Jedesmal zeigte sich der Kopf des Trolls und nickte ihm zu. Auf die Weide aber kam er nicht mehr herab.

So verging die Zeit. Es war Winter geworden, und die Schafe mußten ihr Futter unter der Schneedecke suchen. Esben hielt die Tiere jetzt in der Nähe der Kirche; den Troll sah er nur selten.

Am Tag vor dem Heiligen Abend war es bitter kalt. Dicke Schneewolken hingen am Himmel. Doch dann klarte es auf, und am Abend glänzten golden die Sterne. Esben trug Tannenzweige in die Kirche, kehrte den Boden und steckte frische Kerzen in die Leuchter. Als er die Kerzen anzündete, hörte er ein Trappen vor der Kirchentür. Sie sprang auf, und der Troll hinkte in die Kirche.

«Krakahn – krakehn!» brummte er laut und fragte nach der Pfeife. Esben wollte seinen Augen nicht trauen, als er seinen Freund erblickte. Herzlich begrüßte er ihn. Geschwind holte er eine alte Orgelpfeife aus dem Vorraum und reichte sie dem Groß-köpfigen. Der blies mit aller Kraft hinein. Ein tiefer Ton erklang.

Da glitt ein Lächeln über das Gesicht des Trolls. Er fragte, ob noch mehr Pfeifen da wären. Esben zeigte auf die Orgel, und der Troll konnte sehen, wie die Orgelpfeifen in schöner Ordnung über dem Gehäuse nebeneinander hingen.

Esben sprach: «Wenn du die Klänge der Orgel hören willst, mußt du eine Weile warten. Gleich werde ich die Glocken läuten, und der Weihnachtsgottesdienst wird beginnen.»

Nun öffnete Esben eine kleine Tür und schob den Troll in die enge Blasebalgkammer. «Verbirg dich hier», sagte er, «bis ich wiederkomme. Du kannst dann sehen, wie ich die Luft in die Orgel schicken werde.»

Esben entzündete neben der Tür eine Kerze. Ihr Licht beleuchtete zwei lederne Luftbälge und zwei Holzbalken, die an einer Seite aus der Wand hervorragten. Er sprach zu dem Troll: «Schau auf die langen Balken! Gleich werden sie auf- und niedergleiten. Mit meinen Füßen drücke ich einen nach dem anderen herunter. Dabei füllen sich die Bälge immer neu mit Luft für die Pfeifen, und die Orgel kann erklingen.»

Verständig nickte der Troll mit dem dicken Kopf und kauerte sich in die Ecke der Kammer.

Bald begannen die Glocken zu läuten, und die Menschen strömten in die Kirche. Der Pfarrer setzte sich an die Orgel. Er spielte den Weihnachtschoral. Die schönen Töne der Orgel begleiteten den Gesang der Gemeinde. In der Orgelkammer flackerte das Licht, und an der Wand glitt der Schatten von Esben und den Balken langsam auf und nieder.

Nun verließ der Pfarrer die Orgel, stieg auf die Kanzel und hielt die Weihnachtspredigt. Er erzählte, daß das Christkind in einer dunklen Felsengrotte geboren ist und seitdem in jedem Jahr alle Menschen und Wesen mit dem Weihnachtslicht neu beschenkt.

Da begann die Orgel lauter zu klingen. Jubelnd stiegen die hellen Töne aufwärts, und die tiefen Töne dröhnten mächtig. Die Musik durchbrauste den Raum wie ein wogendes Meer.

Langsam verließen die Menschen die Kirche. Als auch der Pfarrer gegangen war, holte Esben den Troll aus seinem Versteck hervor. Das Trollgesicht war naß von Tränen, und die Augen glänzten. «Krakahn – krakehn!» brummte er. «Deine Luft hat eine gewaltige Musik hervorgebracht. Sie erinnerte mich an die Weihnacht in unserem Berg. Schon lange haben wir sie verloren, und wir sehnen uns danach. Bitte, komme du mit mir in die

Trollhöhle. Ich glaube, daß du die verstummte Felsenorgel wieder zum Klingen bringen kannst.»

Esben wurde es ganz warm ums Herz. Ob ich in dieser Heiligen Nacht die Trolle versöhnen kann? dachte er.

Sorgfältig löschte er die Lichter in der Kirche aus und schloß die Kirchentüre zu. Mit einer Laterne in der Hand folgte er dem Troll über die verschneiten Weiden zu den Trollbergen. Mühsam stiegen die beiden über Felsen und Geröll bis zum Eingang der Höhle empor. Unheimlich war es im Innern der Höhle, düster und kalt. Esben fröstelte. Aus dem Dunkel tönte hin und wieder ein dumpfer Schrei.

Der Troll führte Esben bis zum Ende der Höhle. Dort war sie nach oben geöffnet, und der Himmel schaute mit seinen goldenen Sternen herein. Am Rande der Felsendecke hingen dicke Eiszapfen herab. Sie drängten sich zwischen mächtigen Steinsäulen, die aus dem Felsengrunde emporragten. Das Eis und auch das Gestein glitzerten im Sternenlicht. Behutsam setzte Esben seine Laterne nieder und schaute staunend empor.

«Wahrlich, es ist eine riesige Orgel aus Felsengestein und blankem Eis», flüsterte er. «Ob aus diesem Wundergebilde Töne erweckt werden können, die Erlösung bringen?»

Nun dachte Esben an den jungen Pfarrer im Dorf und an den alten Vater, dem jener auf dem Totenbett versprochen hatte, die Trolle zu versöhnen. Er kniete nieder und faltete seine Hände. Leise betete er: «O heiliger Christ, ich danke dir, daß du mich heute hierher geführt hast. Ich bitte dich, schenke allen Menschen und auch den Trollen dein heiliges Licht in der Weihenacht. Gewähre uns Lebenden und auch der Seele des unglücklichen Toten deinen Weihnachtsfrieden!»

Nun hob Esben den Blick und sah ein kleines Licht, und es wurde allmählich hell in der Höhle. Esben fühlte ein leises Schwingen im felsigen Boden. Das Eis fing an zu tönen, und die Felsensäulen begannen zu dröhnen. Musik entströmte der Felsenorgel und erfüllte die ganze Höhle mit Wohlklang und Harmonie. In der Höhe sangen Engel.

Zögernd kamen die Trolle aus ihren dunklen Verstecken hervor. Aber dann sprangen sie ins Licht und schrien und jauchzten vor Freude. Die Trolle haschten nach den Strahlen der Sterne, strichen sie übereinander und musizierten. Es war ein Leuchten und Klingen, ein Jubeln und Singen, und die Felsenorgel strahlte in den Farben des Regenbogens.

Langsam versank das Licht, und in der Höhle wurde es still. Esben kniete noch immer. Nun erhob er sich, und sein Herz war von Dank erfüllt.

Da erschien der Troll und geleitete ihn zum Ausgang der Höhle. «Krakahn – krakehn!» brummte der Großköpfige. «Du hast uns die Weihnacht neu geschenkt und uns glücklich gemacht. Hab' Dank! Nun wollen wir Trolle euch Menschen nicht mehr zürnen, sondern in Frieden mit euch leben. Leb wohl!»

Als der junge Pfarrer am Weihnachtsmorgen durchs Fenster schaute, verwunderte er sich sehr. Die Trolle hatten in dieser Weihnacht keinen Felsbrocken vor die Haustüre gerollt und das Viehgatter nicht zerbrochen. Noch ehe sie mit dem Frühmahl begannen, erzählte Esben von seiner Freundschaft mit dem hinkenden Troll und von dem nächtlichen Wunder in der Trollhöhle.

Tief bewegt sprach nun der Pfarrer: «Dir, Esben, wurde gewährt, was mir versagt war. Mein Dank ist größer, als es Worte sagen können. Immer will ich dein Freund und Helfer sein, so lange ich lebe. Mit großer Freude denke ich an den toten Vater. Nun wird seine Seele den Weihnachtsfrieden finden. Sein letzter Wunsch hat sich endlich erfüllt. Gott Lob und Dank, daß sich alles so glücklich gefügt hat!»

Esben hütete noch viele Jahre die Schafe des Pfarrers und blieb sein treuer Kirchendiener. Oft erzählte er von dem Weihnachtswunder in der Trollhöhle, und jeder hörte die Geschichte gern.

Und willst du selbst hingehn,
um alles mit eigenen Augen zu sehn,
dann wird dich vielleicht – «krakahn – krakehn» –
der hinkende Troll begrüßen.

Frohbartel und die Weihnachtsglocke

Vor Jahren lebte ein reicher Graf. Sein Schloß stand nahe bei der Kirche im Dorf. Die Menschen in den umliegenden Hütten verrichteten fleißig alle Arbeiten auf dem Gutshof. Aber der Graf war geizig und gönnte seinen Untergebenen nur das Notwendigste für ihren Lebensunterhalt.

Abseits vom Dorf lag ein kleiner Pächterhof. Dort bearbeitete der Pächter mit seiner Frau einige magere Äcker. Die beiden lebten bescheiden. Sie waren zufrieden, wenn in jedem Jahr am Martinstag das Pachtgeld für den Grafen in ihrer Truhe bereitlag.

Die Pächtersleute hatten einen Sohn. Er hieß Bartholomäus, wurde aber Bartel – oder auch Frohbartel genannt, denn er war immer frohgemut, und wo er war, wurden die Menschen froh. Wenn der Knabe der alten Besenbinderin begegnete, die unter der Last ihrer Besen stöhnte, pflückte er ihr im Sommer eine Handvoll Himbeeren zur Erquickung. Den alten, blinden Schweinehirten führte er aus seiner kalten Hütte in den Sonnenschein, damit er sich erwärme.

Einmal hatte der Schäfer des Grafen vier Schafe verloren und fürchtete sich vor der Strafe seines Herrn. Bartel machte sich eilig auf die Suche. Bald fand er die Tiere und brachte sie dem Schäfer zurück. Zum Dank schenkte ihm dieser ein weißes Lämmchen. Voller Freude trug Bartel das Tier heim, gab ihm Milch und ließ es im Grasgarten weiden. Aus Binsen flocht er ihm ein Halsband und legte es dem Lämmchen um. Er flocht auch noch ein Seil und verwahrte es im Stall. Das kleine Tier war der liebste Gefährte des Knaben. Wenn Bartel ein lustiges Lied sang, begann das Lämmchen, munter um ihn herumzuspringen.

Der Sommer verging. Das Korn reifte auf den Feldern, und die Pächtersleute freuten sich auf eine gute Ernte. Da aber fielen die Mäuse in großen Scharen über die Äcker her und drangen auch in die Scheune. Sie fraßen das Getreide und zernagten auch die Rüben.

Am Martinstag stand der Pächter mit leeren Händen vor dem Grafen und bat um Aufschub für die Zahlung. Da brauste der Graf auf und schrie zornig: «Ohne Pachtgeld wagst du dich vor meine Augen? Wer nicht zahlen kann, der muß büßen. Fort mit dir in den Kerker!»

Ein Diener mußte den Pächter sogleich ins Gefängnis führen. Dort blieb der Unglückliche allein zurück.

Unterdessen wartete zuhause die Frau mit bangendem Herzen auf die Heimkehr ihres Mannes. Als sie hörte, daß er im Kerker war, ging sie weinend zum Schloß und bat den Grafen flehentlich, den Gefangenen freizulassen. Hart blieb das Herz des Geizigen, und er schickte sie fort.

Nun zog die Sorge in den Pachthof ein. Die Vorratskammer leerte sich, und auch der Holzvorrat ging zur Neige. Nur selten flackerte ein Feuer auf dem Herd, und es war kalt im Hause. Oft saß die Mutter frierend am Fenster und schaute zum Schloß. Dann faltete sie ihre Hände und betete leise für den Vater. Bartel wollte die Mutter trösten. «Liebe Mutter, bald kommt Weihnachten», sprach er, «dann werden wir alle wieder froh beisammen sein!» Die Mutter aber schaute ihn traurig an und schwieg.

Da wurde auch dem Knaben das Herz schwer. Bekümmert schlich er aus dem Haus. Er ging in den Stall und setzte sich neben sein Lamm ins Stroh. Bartel schmiegte sich an das weiche Fell des Tieres und erzählte ihm seine Sorgen. Am Ende betete er: «Liebes Christkind, hilf, daß wir alle wieder froh werden!»

Da ließ das Lamm ein feines Mäh ertönen, und Bartel fühlte

sich getröstet. Friedlich schlummerte er ein und schlief die ganze Nacht bei seinem Lamm im Stall.

Am nächsten Morgen glänzte auf den Pfützen das blanke Eis. Es war Winter geworden und bitterkalt. Bartel holte Reisig aus dem Wald, aber es war feucht und wollte nicht brennen. Wie jeden Tag half er auch heute fleißig der Mutter und wärmte sich am Abend bei seinem Lamm im Stall. So verging die Zeit.

In der Nacht vor dem Heiligen Abend hatte es geschneit. Eine weiße Schneedecke lag über der Erde. Schreiend flogen die Raben vom Wald zum Dorf und suchten Futter.

Im Haus des Pächterhofes war es still und kalt. Fiebernd lag die Mutter im Bett. Bartel trug Tannenzweige in die Stube und hängte sie an die Wand. Dann entzündete er ein kleines Feuer auf dem Herd und kochte der Mutter eine Suppe.

Als es zu dämmern begann, trat er ans Bett der Mutter und sagte: «Bleib' du nur ruhig im warmen Bett. Bald werde ich wieder bei dir sein und mit dir das Weihnachtslicht anzünden. Jetzt will ich fortgehen mit meinem Lamm und die Weihnachtsfreude suchen. Gewiß wird uns das Christkind helfen, daß wir mit unserem Vater frohe Weihnacht feiern können.»

«Komm bald wieder!» sprach die Mutter mit leiser Stimme. «Möge das Christkind dich und dein Lamm behüten!»

Nun ging Bartel in den Stall. Sein Lamm war in den letzten Wochen gewachsen und kräftig geworden. Der Knabe knüpfte das Binsenseil an sein Halsband und führte das Tier hinaus. Die beiden wanderten den Bergen zu. Bald erreichten sie eine Wegkreuzung. Der Knabe blieb stehen und überlegte, wohin er gehen sollte.

Inzwischen war es dunkel geworden, und golden glänzten die Sterne am Himmel. Weiß leuchtete der Schnee über der Erde. Plötzlich wandte sich das Lamm zur rechten Seite und lief in munteren Sprüngen eilig vorwärts. Bartel hielt das Seil fest in der Hand und hatte Mühe, dem Tier zu folgen. Endlich stand es still. Bartel schaute sich um.

Da leuchtete am Wegrand ein Licht auf. In seinem Schein erblickte der Knabe ein schönes Kind. Es stand mit bloßen Füßen im Schnee. «Du armes Kind!» sprach Bartel. «Barfuß stehst du im Schnee! Nicht länger sollst du frieren! Komm, setz dich auf den Rücken meines Lammes und wärme deine Füße an seinem Fell! Wo willst du hin?»

Nun antwortete das Kind: «Ein weiter Weg liegt heute noch vor mir. Allen Menschen möchte ich die Weihnachtsfreude und den Weihnachtsfrieden bringen.»

Da erkannte Bartel das Christkind. Er umfing sein Lamm und kniete nieder. Das heilige Kind streichelte das Tier und sprach: «Ich weiß schon, um was du mich bitten willst, Bartel. Komm, ich will dich an einen besonderen Ort führen. Hast du Mut? Dein Frohsinn kann dir helfen, den Weihnachtsfrieden dort hinzubringen.»

Der Knabe konnte nur nicken. Langsam erhob er sich. Da saß schon das heilige Kind auf dem Rücken des Lammes. Behutsam setzte das Tier seine kleinen Füße in den Schnee und folgte einem Pfad, der aufwärts führte. Bartel schritt hinter dem Lamm. Staunend gewahrte er einen goldenen Lichtschein um das heilige Kind.

Bald hatten sie die Höhe erreicht und standen vor den Mauern einer alten Burgruine. In den leeren Fensterhöhlen glänzten die Sterne. Das Lamm sprang durch das Tor und blieb im Burghof stehen. Dort führte eine Treppe in die Tiefe.

Leise glitt das heilige Kind vom Rücken des Lammes. Es deutete mit der Hand auf die Treppe und lächelte Bartel freundlich zu. Dann war es verschwunden.

Bartel stieg mit dem Lamm viele Stufen hinab. Er gelangte in einen gewölbten Raum, der von einem bläulichen Licht erfüllt war. Der Knabe erblickte einen steinernen Tisch. Eine große Glocke stand darauf, und daneben lag ein Beutel, aus dem Goldstücke hervorglänzten. Hinter dem Tisch saß eine Jungfrau im schwarzen Gewand. Sie schaute den Knaben mit dunklen, traurigen Augen an und sprach: «Was willst du hier im finsteren Burgverließ?» Mutig trat Bartel vor und sagte: «Ich bin gekommen, um dir den Weihnachtsfrieden zu bringen und dich froh zu machen. Aber sag, warum sitzest du hier unten so einsam und verlassen?»

Die Jungfrau seufzte und begann zu erzählen: «Vor vielen, vielen Jahren lebte ich mit meinem Vater in der Burg. Damals stand sie mit ihren dicken Mauern noch trutzig da. Mein Vater war ein tapferer Ritter, und er war auch reich. Gern teilte er den Armen Almosen aus. Als er starb, erbte ich seinen Besitz, aber ich verwaltete ihn schlecht. Stolz wurde ich und hartherzig. Jeden Bettler schickte ich ohne Gabe fort. Da ich jung und schön war, kamen viele Ritter und baten um meine Hand. Ich verspottete sie aber und verlangte von ihnen, auf der Burgmauer über den schwindelnden Abgrund zu reiten. Nur nach dieser Mutprobe wollte ich ihre Bitte erhören, sagte ich in frevelhaftem Übermut. Wenn dann der Ritter in die Tiefe gestürzt war, lachte ich nur und ließ diese Glocke im Burghof läuten. Schon oft war die Glocke erklungen. Mein Herz aber ward immer härter und fühlte kein Erbarmen mit den unglücklichen Jünglingen.

Wieder erschien einmal ein Ritter; es war am Tag vor dem Heiligen Abend. Übermütig führte ich ihn zum Ritt auf der Mauer. Da humpelte ein altes Bettelweib in Lumpen über den Burghof und rief: ‹Halte ein in deinem frevelhaften Tun, du stolze Jungfrau! Die Weihenacht naht und will auch dein Herz friedvoll stimmen. Hab' Erbarmen mit dem Ritter und schicke ihn nicht in den Tod!›

Ich aber lachte nur spöttisch und trieb das Pferd des Ritters rasch voran. Da reckte das Bettelweib seinen Arm empor. Ich sah, wie es wuchs. Die Lumpen fielen von ihm ab, und ein strahlender Engel stand vor mir. Sicher führte er das Pferd des Ritters über den Abgrund. Dann breitete der Engel seine Flügel aus und erhob sich über die Erde. Er rief: ‹Die Zeit deiner bösen Taten ist abgelaufen, hartherzige Jungfrau! Von nun an sollst du weder bei den Lebenden noch bei den seligen Toten weilen, sondern tief unter der Burg auf deine Erlösung warten.› So sitze ich nun schon viele Jahre in bitterer Reue über meine bösen Taten hier im Verließ.»

Die Jungfrau schwieg und seufzte. Bartel fühlte tiefes Mitleid in seinem Herzen. «Ich will dir gern helfen!» sprach er. «Bitte, sag mir, wie ich dich erlösen kann!»

Die Jungfrau erwiderte: «Dreimal mußt du mich heute beschenken, damit ich froh werden kann.» Der Knabe überlegte eine Weile. Er schaute auf sein liebes Lamm und flüsterte ihm zu: «Kannst du mir helfen?»

Da ergriff das Tier mit seinen feinen Zähnen das Ende des Binsenseils, lief zur Jungfrau und legte es ihr auf den Schoß. Bartel verstand, was das Lamm ihm sagen wollte. Zögernd sprach er zur Jungfrau: «Willst du, daß ich dir mein liebes Lamm schenke? Wenn es dich froh macht, sollst du es haben.» Tränen rollten über Bartels Wangen; doch er dachte an das heilige Kind und wischte sie ab. Die Jungfrau nickte, und der Knabe sah, daß ihre Augen hell wurden. Nun streckte das Lamm seinen Kopf über den Tisch. Mit seinem Maul stieß es an die Glocke, und ein zarter Ton erklang. Zum zweiten Male erkannte Bartel, wie er die Jungfrau erfreuen konnte. Behutsam nahm er die Glocke vom Tisch und begann sie zu läuten. Jetzt durfte sie in der heiligen Weihenacht erklingen. Helle, volle Glockenklänge schwangen durch den Raum. Da verschwanden die schwarzen Schatten hinter dem Rücken der Jungfrau.

Kaum war das schöne Geläut verstummt, da fing das Lamm an, übermütig um den Knaben herumzuspringen. Bartel wußte gleich, wonach das Tier verlangte. Mit frischer Stimme sang er:

«Geboren ist der heilige Christ,
der aller Welt Erlöser ist.
Er schließt uns auf das Himmelreich
und will uns machen Engeln gleich.»

56

Da wurde es ganz hell im Raum, und ein Engel erschien. «Jungfrau, erkennst du mich wieder?» sprach er. «Vor vielen Jahren erschien ich dir als altes Bettelweib droben in der Burg. Heute verkünde ich dir deine Erlösung. Du darfst nun endlich aufsteigen ins himmlische Licht.» Leiser Engelgesang ertönte.

Nun wandte sich der himmlische Bote an Bartel und sprach: «Du, Knabe, hast der Jungfrau mit deinem Mut und Frohsinn geholfen. Nimm jetzt die Glocke und das Gold und geh mit deinem Lamm zum Grafen. Von dieser Stunde an soll die Glocke mit ihrem schönen Klang die Menschen froh machen!»

Nun richtete sich die Jungfrau auf. Ihr Gewand ward weiß wie Schnee. Ihr Antlitz leuchtete, und der Engel trug sie empor ins Licht. Bartel schaute ihnen nach und dachte froh: Jetzt ist ihre Seele erlöst. Er folgte nun dem Gebot des Engels, nahm Glocke und Beutel und machte sich auf den Heimweg. Das Lamm lief voraus und führte ihn zum Schloß.

Der Graf saß mit finsterem Gesicht noch beim Weihnachtsmahle im Festsaal. Als der Knabe vor ihn trat, sprang er zornig auf. Da begann die Glocke in Bartels Hand laut zu tönen. Ihr voller, reiner Klang rührte an das Herz des Grafen. Ein Schauer durchbebte seine Seele. Staunend schaute er auf das Kind mit dem Lamm, und Wärme zog ein in sein kaltes Herz.

Bartel legte den Beutel mit dem Gold auf den Tisch und erzählte von dem wundersamen Geschehen in der Weihenacht.

Der Graf hatte still gelauscht und sprach: «Gleich wird der Vater aus dem Gefängnis kommen. Ein Diener soll ihn holen.»

Als der Pächter im Saal erschien, ging ihm der Graf entgegen und reichte ihm freundlich die Hand. Er sprach: «Du bist nun frei und kannst auf den Hof zurückkehren.» Ein Diener trug einen großen Korb herbei, der mit Speisen und Getränken gefüllt war. Nun verließ der Vater mit Bartel das Schloß. Das Lamm sprang voraus.

Bald leuchteten im Haus des Pächterhofes die Weihnachtslichter, und ein Feuer erwärmte die Stube. Die Mutter war aufgestanden, das Fieber hatte sie verlassen. Glücklich saß sie jetzt mit dem Vater am Tisch. Auf dem Boden lag das Lamm friedlich zu Bartels Füßen. Der Vater schaute durchs Fenster nach den Sternen am Himmel und sprach: «So wie die goldenen Sterne auf ihrer Bahn stetig weiterwandern, wandert auch das heilige Kind auf seinem Weg durch die Weihenacht. Vielen Menschen hat es heute die Weihnachtsfreude und seinen Frieden gebracht. Aus ganzem Herzen wollen wir dem heiligen Christ danken, daß wir nun wieder froh beisammen sind!»

Am Weihnachtsmorgen kam der Graf auf den Hof und sprach: «Hier bringe ich den Beutel. Das Gold soll euch gehören!» Da waren die Pächtersleute mit einem Male reich. Der Vater konnte von dem Grafen den Pächterhof kaufen und noch viele gute Äcker dazu erwerben. Jetzt brauchten sie am Martinstag keine Pacht mehr zu zahlen. Die Sorgen waren von ihnen genommen. Der Graf hatte Bartel liebgewonnen, auch mit den Eltern blieb er in Freundschaft verbunden, solange er lebte.

Die schöne Glocke trug Bartel zum Pfarrer. Sie wurde unter dem Vordach der Kirche aufgehängt. Dort hängt die Glocke noch heute und macht mit ihrem hellen, vollen Klang alle Menschen froh. Wenn du traurig bist, kannst du hingehen und sie läuten! Dann wird auch dein Herz froh werden.

Glückshëiki und Geizjaako

Einige Meilen von dem finnischen Fischerstädtchen Värni entfernt liegt eine unbewohnte Insel im Meer. «Insel des kleinen Volkes» wird sie genannt. Vorüberfahrende Seeleute wollen dort das Zwergenvolk bei heiteren Festen mit Musik und Tanz gesehen haben. Die Menschen meiden die Insel, und nur von Unwetter bedrohte Fischer gehen dort an Land. Ein Haus, das aus grauen Steinen gebaut ist, gibt ihnen Schutz vor dem Sturm.

Vor Jahren lebte in Värni ein reicher Mann mit seinen beiden Söhnen. Vor seinem Tode übergab er jedem die Hälfte seines Vermögens. Jaako, der ältere, verbarg sein Geld in einer eisernen Truhe. Sein Herz war kalt und finster. Auch dem ärmsten Bettelmann verweigerte er eine kleine Gabe. Geizjaako wurde er deshalb genannt.

Hëiki, der jüngere Bruder, hatte ein gutes, warmes Herz. Freigiebig beschenkte er die Armen und half ihnen gern aus der Not. Immer war er glücklich und heiter. Wenn er von einem Unglück betroffen war, fand er doch immer etwas Dankenswertes, was ihn froh machte. Hatte ihm einst der Sturm das Segel zerrissen, so dankte er mit glücklichem Herzen für den heil gebliebenen Mast. Die Leute nannten ihn Glückshëiki.

Geizjaako hatte eine Zeitlang mit angesehen, wie Glückshëiki sein Erbe mit freigiebigen Händen austeilte, so daß es immer weniger wurde. Eines Tages überkam ihn ein großer Zorn, und er sprach zu sich: «Mein Bruder kann sein Geld nicht zusammenhalten, also muß ich es für ihn tun. Er ist nicht wert, sein Erbe zu verwalten. Ich will sehen, wie ich den Verschwender aus dem Hause schaffe!»

So fuhr er nach einigen Tagen mit dem Bruder zum Fischen auf das Meer hinaus. Bald war das Boot bis zum Rand mit Fischen gefüllt. Da sprach Geizjaako: «Ich fürchte, ein Sturm wird aufkommen. Wir wollen zur ‹Insel des kleinen Volkes› fahren und das Unwetter dort abwarten.»

Sie steuerten die Insel an und gingen an Land. Glückshëiki legte sich im steinernen Haus zur Ruhe und schlief rasch ein. Bald aber weckte ihn das Brausen des Sturmes aus dem Schlaf. Er schaute auf das Meer und sah seinen Bruder weit draußen im Boot davonsegeln. «Gott steh’ mir bei!» rief er erschrocken. «Ohne Boot läßt er mich allein auf der Insel zurück.»

Nach einer Weile fuhr er jedoch fröhlich fort: «Glücklich will ich mich denoch preisen. Wie leicht hätte mich der Sturm auf der Heimfahrt über Bord reißen können. Hoffentlich kommt der Bruder gut nach Hause.»

Glückshëiki lebte nun in dem steinernen Haus, fing sich Fische und suchte nach Vogeleiern für seine Nahrung. Jeden Tag schaute er nach einem Boot aus, mit dem er heimgelangen könnte. Lange wartete er vergeblich.

Viele Wochen waren vergangen, und der Winter kam. Eisig wehte der Wind über das Meer. Die Schneegänse waren nach dem Süden geflogen, und der Tag vor dem Heiligen Abend brach an. Glückshëiki wanderte zur Westküste der Insel und schnitt von der Stechginsterhecke drei grüne Zweige ab. «Dies soll der Weihnachtsschmuck für meine Behausung sein», sprach er und hängte den grünen Busch an einen breiten Balken unter die Decke des steinernen Hauses. «Das Weihnachtsmahl mag mir der Himmel bescheren!» fuhr er heiter fort.

In der Nacht kam ein hell erleuchtetes Schiff über das Meer gefahren. Musik und fröhliches Stimmengewirr tönte herüber. Das Schiff steuerte geradewegs auf die Insel zu. «Oh, da kommen sicher die Zwerge, um ihr Winterfest auf der Insel zu feiern», sprach Glückshëiki und kletterte geschwind auf den breiten Dekkenbalken. Dort verbarg er sich hinter dem grünen Stechginsterbusch.

Da strömten auch schon die Zwerge eilig durch die Türe in das Haus herein. Sie trippelten munter hin und her.

Ihre kleinen Füße trappten,
und die Geschirre klappten.
Sie schleppten und deckten
hurtig den Tisch im Haus,
und bald saßen alle
fröhlich beim Schmaus.

«Hei, da geht es lustig zu», flüsterte Glückshëiki. «Ich glaube, die Kleinen haben mir mein Weihnachtsmahl dort unten schon aufgetischt.» Neugierig schaute er von seinem hohen Versteck herab und erblickte verwundert zwischen den Wichteln ein Menschenkind. Es hatte lange, blonde Zöpfe und sah aus wie die Bäckermeisterstocher Ilma. Sie war seit einem Jahr aus Värni verschwunden, und keiner wußte wohin.

Glückshëiki war Ilma schon von klein auf von Herzen zugetan und freute sich, sie wiederzusehen. Das Mädchen aß nur wenige Bissen und schaute mit seinen schönen, blauen Augen traurig auf seine gefalteten Hände.

Ach, dachte Glückshëiki, wie gern möchte ich sie aus der Gewalt der Zwerge befreien! Er brach zwei Zweiglein vom Ginsterbusch und flocht ein grünes Kreuz daraus. «Möge dieses Kreuz Ilma und mich vor der Macht der Unterirdischen schützen», sprach er leise und schwenkte es über dem kleinen Volk. «Eine frohe, gesegnete Weihnacht wünsche ich allen kleinen und großen Gästen im Haus!» rief er mit lauter Stimme. Dabei kletterte er behende vom Balken herab.

Mucksmäuschenstill saßen die Kleinen in der Runde und guckten mit glänzenden Augen ganz erschrocken zu dem hochgewachsenen Burschen empor. Glückshëiki erzählte, sein Bruder habe ihn auf der Insel allein zurückgelassen, und bisher wäre noch kein Schiff gekommen, um ihn mitzunehmen.

Da sprach der Zwergenälteste mit dem schneeweißen Bart:

«Du darfst mit zu Tische gehn,
es soll dir kein Leid geschehn!
Sei unser Gast,
halt bei uns Rast!»

Geschwind setzte sich Glückshëiki zwischen das Zwergenvolk und rief fröhlich: «Zu Recht werde ich Glückshëiki genannt. Auch heute ist mir das Glück hold. Ihr Zwerge habt mir das erwünschte Weihnachtsmahl auf die Insel gebracht!»

Der Bursche lachte und scherzte mit den Zwergen und ließ sich's gut schmecken. Um Mitternacht erzählte er dem Zwergenvolk die Geschichte von der Geburt des Christkinds. Er sprach: «Das heilige Kind ist vom Himmel zur Erde herabgekommen, um allen Geschöpfen seine Liebe zu schenken, auch dem Zwergenvolk.»

Begierig hatten die Zwerge zugehört. In ihren Augen glommen helle Fünkchen auf, und sie umringten freudig den Erzähler. Nach einer Weile erklang eine feine Musik. Die Kleinen sprangen auf und begannen ihren Tanz. Lustig wirbelten sie durch den Raum, und auch Glückshëiki und die widerstrebende Ilma wurden mitgerissen. Jubel erfüllte das steinerne Haus. Selbst der Ginsterbusch am hohen Deckenbalken begann rund im Kreise zu schwingen.

Draußen waren unterdessen die Sterne am Himmel weitergezogen und ein heller Streifen am Himmel zeigte das Nahen des Morgens an. Da endete der Tanz.

Der Zwergenälteste schwang eine goldene Glocke. Sogleich wurde es still im Raum, und er begann zu sprechen: «Das Winterfest war in diesem Jahr besonders schön, und wir danken unserem freundlichen Gast für die Weihnachtsgeschichte um Mitternacht.»

Die Zwerge nickten beifällig und steckten flüsternd ihre Köpfe zusammen. Darauf wandte sich der Weißbärtige an Glückshëiki und sprach weiter: «Gern möchten wir dir etwas schenken und dir helfen. Ein rotes Boot wirst du auf der Düne finden; mit dem kannst du über das Meer heimwärts fahren. Nun darfst du dir noch etwa wünschen, und dieser Wunsch soll dir erfüllt werden.»

Froh schwenkte Glückshëiki sein Kreuz aus Ginsterzweigen und dankte den Zwergen von Herzen. «Wenn ich mir noch etwas wünschen darf», sprach er, «so gebt mir das Mädchen mit den blonden Zöpfen! Ich will es mit mir nehmen.»

Da erhob sich ein lautes Wehklagen unter den Männlein. Sie hatten das geraubte, schöne Mädchen so liebgewonnen, daß sie sich nun nicht mehr von ihm trennen mochten. Der Zwergenälteste aber sprach:

«Was wir versprochen,
wird nicht gebrochen,
wie es auch sei:
Das Mädchen ist frei!»

Nun rüsteten sich die Zwerge zur Abfahrt. Eilig trippelten sie hin und her.

Die kleinen Füße trappten,
und die Geschirre klappten.
Sie räumten und schleppten alles hinaus,
im Nu war leer das ganze Haus.

Aus dem hell erleuchteten Schiff riefen noch einige Stimmen:

«Kehrt fleißig aus! Kehrt fleißig aus!
Nehmt den Kehricht mit nach Haus!»

Und schon glitt das Schiff ruhig hinaus über das Meer.

Glückshëiki machte einen Freudensprung. Am Strand hatte er das rote Boot entdeckt. Nun konnte er mit Ilma heimkehren. Rasch befolgten sie noch den Rat der Zwerge und kehrten fleißig das steinerne Haus aus. Den Kehricht sammelten sie in einem Sack und trugen ihn ins Boot. Dann setzten sie das Segel und fuhren auf das Meer hinaus. Da sprach Ilma: «Du hast mir mein Leben neu geschenkt. Das will ich dir immer mit meiner Liebe danken!»

Glücklich hielten sich die beiden an den Händen und schauten zu den golden glänzenden Sternen am Himmel empor. Der Wind blies in das Segel und trieb das Boot geradewegs nach Värni.

Am Weihnachtsmorgen schaute Geizjaako bestürzt auf seinen Bruder, den er längst für tot gehalten hatte. Als die beiden Heimkehrer den Kehrichtsack öffneten und ihnen Gold und Edelsteine daraus entgegenleuchteten, konnte er sich vor Gier nicht fassen.

Glückshëiki baute sich ein schönes Haus. Er feierte Hochzeit und lebte glücklich und zufrieden mit Ilma, seiner jungen Frau. Viele arme Menschen kamen mit ihren Sorgen und Nöten zu ihm. Alle beschenkte er, und der Sack wurde nie leer.

Geizjaako beneidete den Bruder um sein Glück. Der Neid fraß an seinem Herzen. Immer finsterer schaute er in die Welt. Er sprach zu sich: «Wenn Glückshëiki einen Schatz auf der Insel des kleinen Volkes gewinnen konnte, so muß es auch mir gelingen!»

Und so fuhr er übers Jahr am Weihnachtsabend mit seinem Boot über das Meer. Als er die «Insel des kleinen Volkes» erreicht hatte, saßen die Zwerge schon beim Mahle. Laut schwatzten und lärmten sie. Ohne einen Gruß stürzte Geizjaako in das steinerne Haus und brummte, er wolle die Weihenacht mit ihnen feiern.

Das kleine Volk lud ihn zum Festmahl und bat ihn um die Geschichte von der Geburt des Christkindes. Mürrisch erwiderte Geizjaako, dafür habe er keine Zeit; er wolle nur viel Kehricht holen und noch reicher werden als sein Bruder.

Da fingen die Zwerge laut an zu zetern und drohten ihm mit den Fäusten. Der Zwergenälteste läutete die goldene Glocke und sprach:

«*Kehre hin! Kehre her!*
Kehrichtsäcke werdet schwer!»

Geizjaako kehrte fleißig und konnte nicht genug bekommen. Drei volle Säcke schleppte er in das Boot. Hinter seinem Rücken kicherten die Zwerge:

«*Trag nur zu, trag nur zu,*
find' am Meeresgrunde Ruh!»

Nun fuhr Geizjaako in der Heiligen Nacht mit dem vollbeladenen Boot heimwärts über das Meer. Er schaute nicht zu den golden glänzenden Sternen empor. Gierig richtete er seine Augen nur auf die vollen Kehrichtsäcke und dachte: Nun habe ich größeren Reichtum als mein Bruder erlangt.

Nach einiger Zeit aber wurden die Säcke schwerer. Das Boot sank immer tiefer ins Wasser. Schließlich rollte eine hohe Welle über den Bootsrand, und Geizjaako versank mit Kehricht und Boot im tiefen Meer.

Als die Leute in Värni bemerkten, daß Geizjaako mit seinem Boot nicht heimgekehrt war, sprachen sie: «Das Meer hat ihn verschlungen. Dem habgierigen Geizhals ist recht geschehen.»

Glückshëiki aber trauerte um seinen Bruder. Er betete für seine Seele und sprach: «Ich werde ihm immer dankbar sein, denn er hat mir zu meinem größten Glück verholfen.»

Wenn du auch einmal zur Insel fahren willst, um mit den Zwergen ihr Winterfest zu feiern, dann vergiß nicht, ein grünes Ginsterkreuz zu flechten und die Geschichte von der Geburt des Christkindes mitzubringen!

Margarita und der Feueralbe
in der Weihenacht

Weit im Süden liegt eine Insel im Meer. Dort ragt ein mächtiger Berg steil zum Himmel empor. Grüne, schattige Wälder ziehen sich an seinen Hängen aufwärts. Darüber liegen Obstgärten mit Bäumen, die das ganze Jahr hindurch Früchte tragen. An seinem Gipfel zeigt der Berg nur kahles, nacktes Gestein.

Dieser Berg wurde immer von den Menschen gefürchtet, denn er steht nicht wie andere Berge alle Tage regungslos und stumm da. Zuweilen steigen mächtige Rauchwolken aus der runden Öffnung des Gipfels. In seinem Innern beginnt es dann zu grollen und zu dröhnen. Oftmals schleudert der Berg Asche und Steinbrocken in die Luft, ja Flammen lodern empor, und der Berg speit glühend rote Feuererde aus. Als glühend heißer Feuerbrei fließt sie an den Hängen herab und verbrennt alles. Danach herrscht wieder Ruhe im Berg.

Seit langen Zeiten findet man viele kleine Käferchen an dem Feuerberg. Rot, mit feinen schwarzen Punkten betupft, krabbeln sie sogar am Gipfel über die von der Sonne erwärmten Steine. In zierlichen Kreisen fliegen sie durch die Luft. Nach der Mutter des Christkindes heißen sie Marienkäfer. Wie sind wohl die Marienkäfer auf den hohen Feuerberg gelangt?

Vor langen Jahren lebte das Mädchen Margarita mit ihren Eltern am Hang des Feuerberges. Dort besaß die Familie einen großen Obstgarten und pflegte mit Liebe und Fleiß die Mandel- und Orangenbäume. Viele köstliche Früchte reiften an den grünen

Zweigen. Der Vater trug die Früchte in großen Körben vom Berg hinab in die Stadt, um sie zu verkaufen. Er bekam Mehl dafür. Damit konnte die Familie sich ihr tägliches Brot backen. Am Rande des Gartens stand ihre kleine Hütte.

Eines Tages wurde die Mutter krank und lag lange Zeit elend und bleich auf ihrem Lager. Als sie den Todesengel herannahen fühlte, rief sie das Mädchen zu sich und sprach: «Mein liebes Kind, wir müssen Abschied nehmen. Der Engel will meine Seele in den Himmel holen. Wenn ich nun von dir gehe, so soll die Mutter Maria deine Mutter sein.»

Dabei deutete sie mit der Hand auf das Marienbild an der Wand. Maria trug das Christkind auf dem Arm. «Wenn du in Not bist, so wende dich an die heilige Gottesmutter im blauen Mantel. Sie wird dir immer helfen. Vergiß auch nicht den Gottessohn von ganzem Herzen zu lieben. Er brachte die Liebe auf die Erde; die Liebe wird nimmer vergehen und will die Welt von allem Bösen erlösen.» Nach diesen Worten folgte die Seele der Mutter dem Todesengel.

Margarita weinte bittere Tränen. Das Herz war ihr so schwer. Als sie einmal aufschaute, fiel ihr Blick auf das Marienbild. Und nun erinnerte sie sich an die letzten Worte der Mutter. Sie begann mit der Gottesmutter zu sprechen, jeden Morgen, wenn sie erwacht war – und jeden Abend, ehe sie einschlief. Mit Zweigen und Blumen schmückte Margarita das Bild, und dabei meinte sie zuweilen, die Heilige lächele ihr liebreich zu. Da fühlte sie sich getröstet und wurde wieder fröhlich.

Viele Jahre lang hatte der Berg sich ruhig verhalten. Die Menschen vergaßen, daß er auch gefährlich werden konnte, und manche vergaßen, dem Himmel für die guten Früchte zu danken. Einmal war der Regen ausgeblieben. Wenig Früchte hingen an den Bäumen. Nur selten konnte der Vater mit einem vollen Korb zur Stadt hinabwandern. Das Mehl im Kasten wurde immer weniger. Bald würden sie nichts mehr zu essen haben.

Da begann an einem Novembertag der Berg laut zu dröhnen.

Schwarzer Rauch stieg in einer mächtigen Säule zum Himmel. Es regnete graue Asche und heiße Steine. Alle Menschen gerieten in große Furcht. Auch Margarita erschrak, und der Vater sagte erregt: «Der Himmel steh' uns bei! Der alte Feueralbe beginnt sich im Berg zu regen.» «Was tut der Feueralbe im Berg?» fragte das Mädchen verwundert. «Er hat dort seine Wohnung», erwiderte der Vater. «Wenn die Menschen gut und gottesfürchtig sind, lebt er in der Hut der lichten Engel und ist ruhig und friedlich. Wenn die Menschen aber den Himmel vergessen, dann haben die dunklen Geister der Finsternis Macht über den Feueralben, und er beginnt im Berg zu toben. Er streckt sein rotes Flammenhaupt hervor und schleudert Rauch und Steine in die Luft. Am Ende stößt er feurige Erde aus dem Schlund des Berges, die alles Lebendige an den Hängen verbrennt. Es helfe uns der Himmel, daß wir alle Gott lieben und verehren.» Der Vater seufzte und schwieg.

«Können die Menschen den Feueralben wieder sanft stimmen, wenn sie freundlich mit ihm sprechen?» fragte Margarita. «Oh nein!» erwiderte der Vater. «Mit dem Feueralben vermag kein Mensch zu sprechen. Er ist stärker als alle Menschen.»

Margarita sann eine Weile nach. Dann sprach sie: «Oh, ich weiß, wer den Feueralben aus der Gewalt des Bösen erlösen kann. Gewiß kann ihn das Christkind wieder sanft und friedlich machen.»

Der Vater nickte. Aber dann sprach er zögernd: «Ich glaube auch, daß das Christkind helfen könnte. Ob es jedoch den Weg zu unserem Berg finden wird?»

Am Abend nach dem Gespräch holte Margarita einen Korb voll getrockneter Blumen aus dem Vorraum der Hütte. Die Blüten sahen aus wie kleine, goldene Sonnen. Das Mädchen flocht einen Kranz daraus und hängte ihn um das Bild der Gottesmutter. Ehe Margarita einschlief, sprach sie lange Zeit mit dem Christuskind und seiner heiligen Mutter. Sie erzählte von der großen Furcht, die alle Menschen vor dem Feueralben haben. Am nächsten Morgen schwieg der Berg still, und der Rauch war von seinem Gipfel verschwunden.

Das Weihnachtsfest nahte. Es war am Morgen des vierundzwanzigsten Dezember. Da begann der Berg erneut zu grollen. Er dröhnte so gewaltig, als ob Riesen mächtige Felsen gegeneinander schlügen. Über dem Gipfel flammte rötlicher Feuerschein und erhellte die düsteren Wolken des Morgenhimmels.

Von Furcht getrieben, verließen die Menschen erschrocken ihre Hütten und flohen eilig in die Ebene hinab. Sie trugen Säcke und Körbe mit ihrer Habe auf dem Rücken. Der Wind trieb Rauch und schwarze Asche auf den Wanderpfad.

Der Vater schaute den Fliehenden bekümmert nach. Vor drei Tagen hatte er seinen Fuß an einem Stein verletzt. Die Wunde war angeschwollen; er hatte Fieber und heftige Schmerzen. «Flieht ihr nur!» murmelte er leise. «Ich kann nicht gehen. Ich muß hier bleiben und Gottes Schutz erbitten.»

Als der Nachbar mit seiner meckernden Ziege vorüberzog, stand er still und rief herüber: «Gott behüte den kranken Vater! Aber du Margarita, eile und rette dich, daß das Feuer dich nicht verschlingt!»

Doch das Mädchen schüttelte den Kopf und entgegnete freundlich: «Bald kommt die Weihenacht. Sie möge uns allen – deiner Ziege und auch dem donnernden Feuerberg – den Frieden bringen!»

Am Mittag kochte Margarita mit dem letzten Mehl aus dem Kasten einen Brei, den der Vater und sie zusammen aßen. Danach schlief der Vater ein.

Margarita band ein Tuch um ihre Schultern, nahm den gelben Blumenkranz vom Marienbild und flüsterte der heiligen Gottesmutter im blauen Mantel zu: «Ich bitte dich! Komm mit mir auf den Gipfel des Berges und hilf mit deinem heiligen Kind, den wilden Feueralben zu besänftigen!»

Sie verließ die Hütte und machte sich auf den Weg zum Gipfel. Leichtfüßig sprang sie über das dürre Gras; dabei trug sie den gelben Kranz behutsam in den Händen. Bald hatte sie die letzten Bäume der Obstgärten hinter sich gelassen. Ein schmaler Pfad führte immer steiler zu den kahlen Steinhalden hinauf.

Der Aschenregen hatte aufgehört; statt dessen begann es sacht zu schneien. Weiße Flocken fielen auf die grauen Steine. Margarita barg nun den gelben Kranz behutsam unter ihrem Tuch und schritt über die weiße Schneedecke.

Vom Meer her kam aus dunklen Wolken die Abenddämmerung und senkte sich über den Berg. Es wehte ein kalter Wind. Die bloßen Füße des Mädchens schmerzten von der Schärfe der Steine und der Kälte des Schnees. Die Beine wurden ihm müde.

Margarita stand still und schaute zum Gipfel empor. Noch immer lag er in weiter Ferne. Wie sollte sie mit den schmerzenden Füßen dorthin gelangen?

Sie setzte sich auf einen Stein, um eine Weile auszuruhen, und blickte hoch. Droben loderten weißliche Flammen. Der Berg begann laut zu dröhnen und zu beben. Immer größere Rauchwolken stiegen in den Nachthimmel empor.

Margarita war so erschöpft und fror so sehr, daß sie meinte, sie könne keinen Schritt mehr weitergehen.

Da rollte der gelbe Kranz aus ihrem Schultertuch auf die Erde. Margarita stand auf und nahm ihn in ihre Hände. Neue Hoffnung durchströmte sie, und sie rief: «Ich bitte dich, o Gottesmutter im blauen Mantel, eile mit deinem heiligen Kinde herbei! Hilf, daß der Feueralbe erlöst werden kann von den Mächten des Bösen und wieder in die Hut der lichten Engel gelangt!»

Nach diesen Worten sprang der Kranz aus den Händen des Mädchens. Er drehte sich rund im Kreise und begann am Boden zu rollen. Er rollte über den weißen Schnee den Abhang hinauf.

Margarita schaute ihm verwundert nach. Jetzt erblickte sie in der Höhe ein winziges Fleckchen Himmelsblau. Es kam immer näher und wurde größer. Es wurde ein blauer, weiter Mantel, aus dem das liebliche Angesicht der Gottesmutter hervorschaute. Ein helles Licht strahlte um die Gottesmutter. Sie trug den gelben Blumenkranz in der Hand, lächelte und sprach zu Margarita: «Tritt mit deinen Füßen auf den Saum meines Mantels und halte dich an seinen blauen Falten fest!» Margarita gehorchte.

Da breitete sich der blaue Mantel der Maria aus und glitt wie ein Segel über die beschneiten Steinfelder den steilen Hang hinauf bis zum Gipfel. Oben, über dem Rand des Feuerschlundes, endete die Fahrt. Margarita hielt sich noch immer an den Falten des Mantels fest und schaute in den Abgrund, in dem es laut rumorte. In der Tiefe brodelte ein Feuermeer. Ein gewaltiges Haupt ragte darüber empor. Um seine Stirn züngelten Flammen wie eine feurige Krone.

Das Mädchen mußte eine Weile die Augen schließen, so schrecklich war der Feueralbe anzusehen. Zürnend schaute er zu dem blauen Mantel empor und hob drohend seinen Arm, um den Eindringlingen einen Feuerstrahl entgegenzuschleudern.

Da aber schoben sich die Falten des blauen Mantels der Gottesmutter ein wenig auseinander. Margarita sah das himmlische Kind. Es war von einem sanften Lichte umgeben. Golden war sein Haar und sein Gewand weißer als der Schnee. Das Christkind setzte seine kleinen Füße behutsam auf den Rand des Feuerschlundes und winkte dem Feueralben freundlich zu. Voller Liebe schaute es den Feueralben an. Dann zeichnete es ein kleines Kreuz über das flammende Haupt.

Da verwandelte sich das zürnende Gesicht des Feueralben. Die drohend erhobene Hand sank herab. Seine Augen schauten milde und friedvoll. Er neigte das Haupt vor dem himmlischen Kinde. Und das Christkind rief mit zarter Stimme, die wie Musik tönte:

«Weihenacht! Weihenacht!
Friede, Friede hat gebracht;
Friede, Friede hat gebracht,
Weihenacht! Weihenacht!

Da versank das brodelnde Feuermeer im Berg. Es wurde still in der Tiefe. Die Flammenkrone des Feueralben züngelte immer niedriger über seiner Stirn.

Das Christkind rührte an eine Falte im blauen Mantel der Gottesmutter Maria. Da schwirrten Marienkäferchen heraus. Auf ihren roten und schwarzen Flügelchen waren zierliche Punkte hingetupft. Die Käferchen flogen zum Feueralben und umkreisten sein Haupt in munteren Schwüngen. Da lachte der Feueralbe und versuchte, die zierlichen Tierchen zu erhaschen.

Mit einem Male wurde der Himmel hell. Die Sterne glänzten und funkelten ganz nahe. Engelscharen flogen mit leuchtenden Flügeln hernieder, sie sangen den Weihnachtsgesang. Margarita kniete mit dankerfülltem Herzen nieder. War die Seele der Mutter unter den singenden Engeln?

Nach einer Weile erlosch das Licht und die Engelscharen verschwanden in der Höhe. Die Gottesmutter winkte Margarita, und das Mädchen trat wieder auf den Saum des blauen Mantels.

Rasch ging die Fahrt nun bergab über die beschneiten Steinfelder. Unter den Bäumen des Obstgartens hielt das himmlische Gefährt an.

Das heilige Kind glitt aus dem Arm der Himmelsmutter und ging zu den Bäumen. Es ergriff einen Zweig und wiegte ihn leise. Da erglänzten im Lichte des Kindes eine Fülle goldener Früchte. Froh pflückte Margarita von den goldenen Früchten und eilte zur Hütte. Dort schimmerte ihr der blaue Mantel der Gottesmutter entgegen. Maria war in den Vorraum der Hütte getreten und rührte mit ihrer Hand an den leeren Mehlkasten. Im Augenblick füllte sich der Kasten mit weiß schimmerndem Mehl. Wieder kniete Margarita nieder, um innig zu danken. Als sie nach einer Weile aufstand, war sie allein.

Am Weihnachtsmorgen erwachte der Vater. Neben seinem Lager stand Margarita. Goldene Früchte und ein frischgebackenes Fladenbrot lagen auf dem Tisch. Margarita erzählte nun dem Vater, was sie in der heiligen Weihenacht erlebt hatte. Hinter der Tür ragte der Gipfel des Berges friedlich in den blauen Himmel. Er trug jetzt eine weiße Schneemütze.

Der Vater blickte auf das Marienbild an der Wand und sprach zu Margarita: «Wir wollen der Gottesmutter und ihrem heiligen Kinde von Herzen danken. Binde ihr einen neuen Kranz!»

«Das will ich nachher gerne tun», erwiderte Margarita. Nun ergriff sie ihr Schultertuch und stäubte es behutsam aus. Da flog eine Schar von Marienkäferchen hervor. Mit schwirrenden Flügelchen ließen sie sich auf dem Lager des Vaters nieder. «Ihr kleinen Tierchen habt den Feueralben fröhlich gemacht. Wenn er einmal wieder grollen will, dann schwirrt mit euren getüpfelten Flügeln munter um ihn herum!»

Noch heute fliegen die Marienkäferchen in Scharen an den Hängen des Berges umher. Ich glaube, sie wollen die Menschen an die Gottesmutter Maria mit dem Christkind erinnern und sie ermahnen, gut und hilfreich zu sein, damit der Feueralbe im Berg alle Zeit in der Hut der lichten Engel bleibt.

Wenn ein Marienkäferchen zu dir fliegt und sich auf deine Hand setzt, so höre auf seinen heimlichen Gruß! Gewiß wirst du ihm zuflüstern: «Ja, ich will mich bemühen, gut und hilfreich zu sein!»

Vom Schutzmantel der Maria

I

Vor langen Jahren erscholl durch viele Königreiche des Abendlandes der Aufruf zum Kreuzzug nach Jerusalem. Könige, Ritter und viele edle Männer folgten dem Ruf und zogen in das Heilige Land, um das Grab Christi von den Heiden zu befreien.

Da rüstete sich auch Ritter Berthold von Storneck für die weite Fahrt. Er heftete das Kreuz auf Mantel und Schild und überließ seine Burg der Obhut eines alten Waffenbruders.

Als der Ritter an einem strahlenden Frühlingsmorgen die Burg verließ, gab ihm seine Gemahlin Liebegard zum Abschied eine Weile das Geleit. Sie führte das Pferd den steilen Weg vom Burgberg herab bis zu einer Wegkreuzung im Tal. Dort stand eine alte Linde und streckte ihre frisch ergrünten Äste zum blauen Himmel empor.

Da rührte ein Zweig mit den herzförmigen grünen Blättern an den Helm des Ritters, und das Pferd stand still. Die Rittersfrau umarmte ihren Gemahl in herzlicher Liebe, deutete auf den blauen Himmel und sprach: «So blau wie der Himmel ist auch der Mantel der Mutter Gottes. Wo immer du weilst, mein Gemahl, möge dich der blaue Himmel an den Mantel der Maria erinnern. In ihrem Schutz sollst du geborgen sein!»

Darauf zog Ritter Berthold fort und gelangte nach vielen Wochen über das Meer ins Heilige Land. Tapfer kämpfte er gegen die Sarazenen.

Eines Tages entbrannte ein heftiger Kampf vor den Toren der

Stadt Akkon. Die Heiden waren in der Überzahl. Grell leuchteten ihre farbigen Gewänder in der Abendsonne. Plötzlich sah sich Ritter Berthold von Feinden umringt und wurde gefangengenommen. Der Heidenfürst ließ ihn in einen Turm bringen. Nur ein schmaler Lichtstreifen fiel durch ein winziges Fenster im Deckengewölbe in das enge Turmgemach.

Da saß nun der Gefangene auf einem Bündel Stroh und hoffte auf seine Befreiung. Er wartete vergebens. Nach einiger Zeit verdüsterte sich das Gemüt des Ritters, und Verzweiflung zog in sein Herz. Aber er fand Trost und Hilfe.

Er lag eines Tages auf dem dünnen Stroh und schaute zu dem schmalen Fenster empor. Seine Augen gewahrten ein kleines Stückchen vom blauen Himmel; es erinnerte ihn an die Abschiedsworte seiner lieben Gemahlin. Nun dachte der Gefangene an den blauen Mantel der Maria und befahl seine Seele in ihren Schutz. Seit diesem Tage wanderten die Gedanken des Ritters oft zur Gottesmutter. Viele Loblieder sang er für sie und verehrte die Himmlische im Gebet. Er vergaß auch nicht, das Ave Maria zu sprechen.

So verging das Jahr. Auf den Frühling folgte der Sommer – und auf den Herbst der Winter. Die Heilige Nacht war gekommen. Sinnend lag der Ritter auf dem Stroh und schaute zu dem schmalen Fenster empor. Da erblickte er am dunklen Himmel einen kleinen, goldenen Stern. Langsam wanderte der Stern auf seiner Himmelsbahn weiter und strahlte immer heller. Ritter Berthold setzte sich auf und streckte sehnsüchtig seine Arme nach ihm aus. «O Stern, du goldener Himmelswanderer», rief er zu dem glänzenden Stern hinauf, «bald wirst du fortziehen über das weite Meer. Grüße daheim in der Burg meine herzliebe Gemahlin von mir!» Er meinte, seine Herzliebste vor sich zu sehen. Sehnsüchtig schaute sie ihn an. Gewiß trug sie großes Herzeleid über die lange Trennung.

Dann aber dachte der Gefangene wieder an ihre Abschiedsworte. Er sprach sein Gebet, sang ein Lied zum Lobe der Gottesmutter und befahl seine Gemahlin in den Schutz des blauen Mantels der Maria. Tiefer Friede zog in das Herz des einsamen Gefangenen. Ruhig lehnte er sich an die rauhe Mauer und schloß die Augen.

Plötzlich drangen zarte Töne an sein Ohr. Ritter Berthold schlug die Augen auf. Vor seinem Lager stand die heilige Gottesmutter mit dem Christkind auf dem Arm. Um ihren blauen Mantel war ein heller Schein. Liebreich sprach sie zu dem Gefangenen: «Ritter Berthold, sei gegrüßt! Dein frommes Lied hat mich zu dir gerufen. All deine Lieder und Gebete haben mich durch das ganze Jahr begleitet und erfreut. Mein blauer Mantel war dir immer nahe. Um der Liebe willen, die das Christkind immerdar der Erde schenkt, darf ich dir in dieser Heiligen Nacht einen Wunsch erfüllen.»

Ritter Berthold meinte zu träumen. Leise sprach er: «O Gottesmutter, führe mich aus dem Gefängnis und laß mich bald wieder daheim auf der Burg bei meiner Gemahlin sein!»

Nun neigte sich Maria zu dem Gefangenen und breitete einen Teil ihres blauen Mantels über ihn. Da öffnete sich die graue Mauer. Der Ritter fühlte sich sanft erhoben. Es war ihm, als schwebe er unter den goldenen Sternen durch die Nacht. Ein tiefer Schlaf umfing ihn.

Als der Weihnachtsmorgen heraufdämmerte, erwachte Ritter Berthold. Er lag nahe der Burg unter der alten Linde im Schnee. Verwundert schaute er um sich. Sein Weihnachtswunsch war wirklich in Erfüllung gegangen! Mit einem Jubelruf sprang er auf, kniete nieder und dankte der Gottesmutter für seine Befreiung.

Bald verkündete das Horn des Turmwächters die Ankunft des Burgherrn, und in inniger Freude begrüßte Ritter Berthold seine Gemahlin Liebegard. Bewegt erzählte er ihr von seiner Begegnung mit der Gottesmutter und von ihrer wundersamen Hilfe. «Ein schönes Marienbild soll hinfort den Stamm der alten Linde schmücken und ein bleibendes Zeichen unseres Dankes an die Himmlische sein», sprach er.

Als der Frühling ins Land zog, hing das Bild der Gottesmutter im blauen Mantel am Lindenstamm. Oft wanderten die Rittersleute von der Burg herab, schmückten das Bild mit Blumen und dankten der Maria für die wunderbare Rettung in der Heiligen Nacht.

II

Der Ritter und seine Gemahlin lebten nun in herzlicher Liebe miteinander vereint auf der Burg. Was sie in ihrem Glück noch wünschten, war ein Kind. Eines Tages aber bemerkte die Rittersfrau, daß sie guter Hoffnung war, und mit großer Freude erwartete sie die Geburt ihres Kindes.

Es wurde Herbst. Die Blätter der Bäume verfärbten sich. Der Herbstwind nahm sie mit sich fort, und wie ein bunter Teppich bedeckte das Laub die Erde.

An einem sonnigen Tag war Ritter Berthold zur Jagd in den Wald geritten. Am späten Nachmittag wanderte die Rittersfrau ihrem Gemahl entgegen und schritt den steilen Burgberg hinab. Sie brach ein paar bunte Zweige ab. Als sie die alte Linde erreichte, langte sie hinauf und schmückte das Bild damit. Da bemerkte sie, daß sich die Geburt nahte. «Wehe mir!» rief sie und richtete ihre Augen hilfesuchend auf das Marienbild. «Wie kann ich arme Frau hier ganz allein mein Kind zur Welt bringen? O Gottesmutter, steh' mir bei!» In ihrer Not setzte sich die Rittersfrau unter die Linde auf das goldene Laub. Da beugte sich auf einmal eine schöne Frau im blauen Mantel über sie und stand ihr in den Nöten der Geburt bei.

Spät kehrte Ritter Berthold von der Jagd zurück und fand seine Gemahlin mit einem neugeborenen Kindlein im Arm unter der Linde. Sie erzählte ihm von dem wunderbaren Beistand der heiligen Wehmutter. Da kniete der Ritter nieder und dankte mit Tränen der Freude der Gottesmutter im blauen Mantel für ihre Hilfe. Das Mädchen wurde auf den Namen Marielind getauft.

III

Marielind war ein zartes und liebliches Kind. Sie wuchs zur Freude ihrer Eltern zu einem freundlichen und verständigen Mädchen heran. Im Herbst war sie sieben Jahre alt geworden, und das Weihnachtsfest stand vor der Tür. Es hatte nur wenig geschneit.

Am Tag vor dem Heiligen Abend schickte die Mutter eine Magd mit dem Kind in den Wald; sie sollten unter den hohen Buchen Christrosen pflücken. Die Magd trug den Korb, und Marielind ging fröhlich neben ihr her. Sie freute sich auf die schönen Blumen.

Plötzlich hörten die beiden hinter den Tannen ein tiefes Brummen. Ein mächtiger Bär sprang hervor, ergriff das Mädchen mit den breiten Tatzen und lief mit ihm davon. Die Magd schrie laut auf und eilte dem Bären nach. Der Räuber war jedoch mit seiner Beute rasch verschwunden. Weinend kehrte die Magd zur Burg zurück und erzählte von dem Unglück.

Da zog Ritter Berthold eilig mit all seinen Knechten aus. Eifrig durchsuchten sie den Wald, doch alles Suchen war vergebens; ohne das Mädchen kehrten die Männer zur Burg zurück.

In ihrem bitteren Herzeleid machte sich die Rittersfrau in der Heiligen Nacht auf den Weg zur alten Linde. Silbern war der Mond hinter dem Wald aufgegangen. Er beleuchtete den steilen Weg und den schneebedeckten Lindenbaum. Mit bloßen Händen entfernte die Rittersfrau den Schnee von der Bildtafel. Sie kniete nieder und erflehte von der Gottesmutter den Schutz ihres blauen Mantels für Marielind. Flehentlich bat sie um die glückliche Heimkehr des Mädchens.

Da stand plötzlich Maria im blauen Mantel neben ihr und deutete ihr zu folgen. Ruhig schritt sie voraus. Staunend wurde die Rittersfrau gewahr, daß die Füße der Gottesmutter keine Spuren im Schnee hinterließen.

Sie wanderten durch einen finsteren Tannenwald, drangen durch ein Dornengestrüpp und überschritten einen zugefrorenen

Bach. Schließlich gelangten sie zu einer Felsenschlucht. Vor ihrem Eingang stand eine alte Eiche. In ihrem hohlen Stamm hatte ein Bienenvolk seine Waben gebaut. Maria wandte sich an die schlafenden Bienen und rief mit heller Stimme:

«Was aus den Blüten ihr gewonnen,
aus dem Licht der goldenen Sonnen
in des Honigs süßer Tracht,
reicht es uns in Heiliger Nacht!
Reichet Honig in den Waben,
Meister Petz in Lieb zu laben!»

Da erwachten die Bienen und begannen zu summen und zu brummen. Eis und Schnee an der Rinde des Baumes schmolzen. Wärme breitete sich um den Eichenstamm und hüllten ihn ein wie ein Mantel. Nun kamen auch schon die Bienen herausgeflogen und trugen eine Honigwabe zur Gottesmutter.

«Habt Dank, ihr Bienen!» sprach sie und wanderte weiter. Die Rittersfrau folgte ihr auf dem Pfad durch die Felsenschlucht, bis sie einen dunklen Höhleneingang erreicht hatten. Dort blieben sie stehen. Die Gottesmutter hob die Wabe hoch und rief in den finsteren Gang hinein:

«Daß sich Petz zur Weihnacht labe,
bring ich süße Honigwabe.
Heb' dich aus dem Schlaf geschwind,
bring das Kind, Bär,
bring das Kind!»

Brummend erschien ein mächtiger Bär am Höhleneingang. Er richtete sich auf, ergriff die Wabe und trottete in die Höhle zurück. Nach einer Weile kam er wieder hervor. Behutsam trug er das schlafende Mädchen zwischen seinen Tatzen und legte es in die Arme der Mutter.

Jubel zog ein in die Burg, als die Rittersfrau am Weihnachtsmorgen mit Marielind heimkehrte. In froher Dankbarkeit sprachen die Eltern: «Heute wurde uns Marielind zum zweiten Male durch die Hilfe der Gottesmutter geschenkt.»

Lob und Preis sangen sie der Himmlischen im blauen Mantel und schmückten ihr Bild an der Linde mit einem Kranz von Christrosen.

Wer heute vor der Burg Storneck die Linde mit dem Marienbild sehen will, sucht vergebens danach. Längst sind Baum und Bild verschwunden. Der blaue Himmel ist jedoch an allen Orten über unseren Häuptern zu finden und will uns noch immer an den schützenden blauen Mantel der Muttergottes erinnern.

Sunnarsons Weihnachten im Berg

Über den verschneiten Eisenbergen im nördlichen Schweden glänzten die Sterne in der Heiligen Nacht. Bitter kalt war es geworden. In der unterirdischen Eisengrube hatten die Bergarbeiter ihr Tagewerk beendet. Nun stapfte ein jeder eilig durch den tiefen Schnee zu seiner Hütte im entfernt gelegenen Dorf.

Nur der alte Sunnarson brummte ärgerlich etwas in seinen grauen Bart, drehte die Lichtflamme seiner Grubenlaterne höher und ging zurück in den unterirdischen Stollen des Berges. Er suchte nach seiner Kappe, die auf unerklärliche Weise verschwunden war.

Mit der Laterne leuchtete er tief zum felsigen Boden herab, schaute eifrig nach rechts und links und geriet so immer tiefer in das Innere des Berges; die Kappe war aber nicht zu finden.

Der alte Bergmann wurde müde. Er blieb stehen und bemerkte, daß er sich verirrt hatte. Ermattet hockte er sich auf einen Stein, um eine Weile zu verschnaufen. Er überlegte, wie er wohl den Weg durch das Gewirr der unterirdischen Gänge zum Ausgang finden könnte.

Da stieß sein Fuß an die Laterne. Klirrend stürzte sie um, und ihr Licht erlosch. Nun war es stockdunkel im Berg, so daß man die Hand nicht vor den Augen sehen konnte.

«Ei!» seufzte der alte Sunnarson: «Nun kann ich heute wohl nicht nach Hause gelangen und muß die Heilige Nacht im dunklen Berg verbringen.»

«Gott befohlen, alter Sunnarson!» brummte er in seinen Bart. «Laß sehen, was die Nacht bringen wird. Gottlob brauche ich keinen Hunger zu leiden.» Schmunzelnd klopfte er auf seine pralle Hosentasche und zog ein Säcklein mit gedörrten Birnen hervor. Die Hutzeln hatte ihm heute ein Bergmann als Weihnachtsgabe zugesteckt. Andächtig zerkaute er einige süße Früchte und fühlte sich bald gesättigt. Er streckte sich auf dem felsigen Boden aus, sprach sein Nachtgebet und schlief ein.

Als Sunnarson erwachte, spürte er, daß es Mitternacht war. Er setzte sich auf und sann. Was geschah wohl jetzt in dieser Heiligen Nacht über der Erde? Leise sprach er zu sich: «Kalt weht der Wind. Die Leute im Dorf machen sich auf den Weg zur Christmesse. Unter ihren Füßen knirscht der Schnee. Golden glänzen die Sterne am hohen Himmel. In der dunklen Kirche brennen die Wachskerzen. Ihr Licht erhellt das alte Bild über dem Altar. Dort liegt das Christkind in der Krippe zwischen Ochs und Esel. Der Mantel der Maria leuchtet so blau wie die Lilien auf den Frühlingswiesen. Und nun beginnt der Pfarrer den Weihnachtsgesang.»

Sunnarson hielt inne. Dann sprach er weiter: «Oh, wie gern wollte ich in den Chor einstimmen; aber ach, ich sitze tief unter der Erde im Berg ohne das kleinste Weihnachtslicht.»

Plötzlich aber lachte der Alte, richtete sich auf und rief laut: «Kann ich auch nicht droben in der Kirche mitsingen, so will ich doch hier unten im Berg das Christkind mit meinem Gesang erfreuen, und die Zwerge mögen dabei zuhören!» Fröhlich begann er zu singen:

«Ein Kindlein ist geboren um Mitternacht.»

Laut tönte seine tiefe Stimme durch den Berg.

Plötzlich glomm ein schwacher Lichtschein vor ihm auf – grünlich schimmerte es hier – bläulich leuchtete es dort. Kleine Gestalten mit großen Köpfen und struppigen Bärten wurden sichtbar. Sunnarson sang die zweite Strophe:

«Nun freut euch, ihr Menschen und Engel!»

84

Jetzt leuchtete es rötlich an der Felswand, und Sunnarson sah sich von vielen kleinen Zwergen umringt. Mit glänzenden Augen schauten sie zu ihm auf und lauschten. Sunnarson begann fröhlich die dritte Strophe:

«Ein Kind geboren ist der Erde, daß alle Welt erlöset werde.»

Da wurde es auf einmal taghell im Berg. Die Felswände erglänzten in strahlendem Licht. Geblendet schloß Sunnarson die Augen, doch er sang das Lied zu Ende.

Als er die Augen wieder öffnete, befand er sich in einem großen Raum. Hier funkelten rote, grüne und violette Edelsteine an den Wänden. Im Felsen begann es zu tönen. Fröhlich trippelten die Zwerge durch den Glanz und faßten sich an den Händen. Sie lauschten.

Plötzlich standen alle still. Kein Füßchen regte sich mehr, und keine Hand bewegte sich. Gebannt schauten alle in die Tiefe.

Der Felsenboden erschien nun wie durchsichtiger Kristall, und aus der Tiefe des Erdengrundes leuchtete eine goldene Sonne. Der alte Sunnarson hielt den Atem an. Er faltete seine Hände über der Brust und gewahrte voller Staunen das Christkind in der Sonne. Es streckte ihm die Händchen entgegen. Lange schauten alle auf das heilige Kind und lauschten auf das wundersame Tönen.

Da verschwand die Sonne mit dem Kind. Das Licht verging. Das Klingen der Felsen verstummte. Nur ein grüner Schein hing noch über den Felswänden.

Jetzt begann sich das Zwergenvolk wieder zu regen. Fröhlich umsprangen die Zwerge den alten Sunnarson, der wie ein ragender Fels mitten unter ihnen stand. Flink griff er da in seine Hosentasche und streute Hutzelbirnen unter das Zwergenvolk. Die Kleinen haschten nach den süßen Früchten und purzelten lustig dabei übereinander. Nun verlosch auch der grüne Schimmer am Felsen, und die Höhle lag in bläulichem Dämmerlicht.

Mit einem Male fühlte der alte Sunnarson eine bleierne Müdigkeit, und er vermochte sich nicht mehr aufrecht zu halten. Er sank und sank. Ihm war, als würde er von vielen kleinen Armen aufgefangen.

Als Sunnarson aus tiefem Schlaf erwachte, war es Morgen. Er befand sich am Ausgang des unterirdischen Stollens. Auf seiner Brust lag – o Wunder! – die Kappe, und er entdeckte darin ein längliches Hutzelbrot. Mit einem Freudenruf sprang er auf seine Füße, setzte die Kappe auf und rief laut in den Berg hinein: «Habt Dank, ihr Zwerge! Habt Dank!» Darauf stapfte er mit frohem Herzen eilig durch den Schnee zum Dorf.

Das Hutzelbrot hielt der alte Sunnarson in Ehren und verwahrte es gut. Es wurde niemals aufgebraucht. Was er am Tag abschnitt, wuchs in der Nacht wieder nach.

Seit dem Erlebnis im Berg trug er an jedem Weihnachtsabend ein Säckchen Hutzelbirnen in den Berg, den Zwergen zur Freude. Auch sang er ihnen das Lied von der Christgeburt.

Ob er aber die Mitternachtssonne noch öfter im Innern der Erde geschaut hat, das kann ich euch nicht sagen. Wer's wissen will, muß ins Bergwerk gehen und die Zwerge fragen.

Die Geschichte von den Heiligen Drei Königen und dem Hund «Wolke vor dem Stern»

Vor vielen, vielen Jahren lebten drei Könige im Morgenland – jeder an einem anderen Ort. Der eine lebte im Westen, im Gebirge, der andere im Osten, in der Ebene, und der dritte im Süden, im Mohrenland.

Eines Tages erblickte jeder von ihnen am Himmel einen neuen, strahlenden Stern. Im Traum hörten sie die Stimme eines Engels, der zu ihnen von der Geburt eines Königskindes sprach. Dieses Kind sollte der größte König aller Könige werden und den Menschen das Heil bringen.

Da erwachte in den Herzen der Könige die Sehnsucht, das Kind aufzusuchen, es anzubeten und zu beschenken. Jeder König befahl seinen Dienern, rasch alles zur Reise zu rüsten.

Sogleich begannen die Diener, Kamele und Pferde mit Nahrung, Getränken und herrlichen Gewändern zu beladen. Sie vergaßen auch nicht die buntgewebten Teppiche zur Bereitung von Zelten für die Nacht. Die kostbarsten Güter waren jedoch die Gaben für das Königskind.

Der eine König wollte dem Kind leuchtendes Gold schenken. Der zweite König erwählte duftenden Weihrauch als Gabe. Der dritte König nahm heilende Myrrhensalbe in einem schönen Gefäß mit sich, um es dem Kinde darzubringen.

So begaben sich die drei Könige auf die Reise. Jeder verließ sein Königreich; keiner kannte den anderen. Sie zogen mit ihren Karawanen immer dem strahlenden Stern nach.

Nach einigen Wochen begegneten sich die Könige. Sie stiegen von ihren Reittieren, verneigten sich voreinander und begrüßten sich mit freundlichen Worten. Bald bemerkten sie, daß jeder dem gleichen Stern nachfolgte. Da sie alle drei das heilige Königskind aufsuchen und beschenken wollten, setzten sie ihre Reise gemeinsam fort.

Der Stern führte sie über hohe Felsengebirge und durch tiefe Täler. Er leitete sie über reißende Flüsse und durch weite, heiße Wüsten. Tag und Nacht wies er ihnen den Weg.

Eines Morgens rüsteten sie wieder einmal zum Aufbruch. Die Diener rollten die bunten Teppiche von den Zelten der Könige zusammen. Die Köche wuschen ihre Kochkessel eilig im Sand. Die Kamele und Pferde wurden gefüttert und wieder mit ihren Lasten beladen. Der junge Kameltreiber Said hatte die Reisesäcke des Mohrenkönigs schon auf den Kamelen festgeschnürt und wartete auf das Zeichen für den Abmarsch.

Rasch sprang er noch zu einem Palmenbaum. Der ragte mit seinen mächtigen grünen Palmblättern nahe dem Rastplatz hoch empor und war reich mit goldenen Früchten behangen. Said kletterte geschwind an dem hohen Stamm der Palme empor und hatte im Nu Tasche und Mund mit den köstlichen Früchten gefüllt. O, wie schmeckten die Datteln so süß!

Da hörte Said aus dem Dorngestrüpp unter seinen Füßen einen klagenden Laut. Behaglich kauend schaute er hinab und erblickte einen Hund. Der hatte ein goldfarbenes Fell und lag unter den Dornen gefangen. Er winselte leise und konnte zwischen Kaktus und Dornbusch nicht freikommen. «Armes Tier!» sagte der Kameltreiber mitleidig. «Gern würde ich dir helfen.»

Im selben Augenblick ertönte vom Rastplatz her laut und gellend der Ruf zum Abmarsch. Die Wächter schwangen die eisernen Rasseln. Sie schlugen die kupfernen Becken und ließen die dumpfen Hörner erklingen. Dieses alles bedeutete, daß die Karawane der Könige soeben weiterzog.

«Ich kann dir nicht helfen», rief Said dem winselnden Tiere zu. «Es gibt jetzt Wichtigeres zu tun. Die drei Könige rufen mich auf den Weg zu dem heiligen Kind unter dem Stern.»

Damit glitt er rasch vom Stamm der Palme herab. In eiligen Sätzen sprang er zu seinen Kamelen und begann diese mit lauten Rufen anzutreiben. Langsam setzten die Tiere ihre Füße voreinander, und die Karawane zog fort.

Nach einigen Stunden stand die Sonne am blauen Himmel hoch über der Wüste. Mittag war es geworden. Die Hitze breitete einen flimmernden Mantel über die Weite. Die Steine und die feinen Sandkörnchen glänzten und glitzerten hell im Sonnenlicht.

Nun ließen die Könige Halt machen. Sie stiegen von ihren hohen Kamelen, um die gewohnten Gebete auf den Gebetsteppichen zu verrichten. Da bemerkten sie, daß der Stern verschwunden war. Warum war der Stern verschwunden? Sie rätselten eine Weile vergeblich. Gewiß hatte einer der Reisenden etwas Unrechtes gedacht oder getan.

Sogleich ließen die drei Könige die dumpfen Hörner blasen. Und die Wächter verkündeten laut: «Jedermann in der Karawane forsche nach! Wo ist heute Unrechtes geschehen, was den Zorn des Himmels erwecken mußte, so daß der Stern am Himmel verschwunden ist? Wer ehrlich erzählt, soll nicht bestraft werden!» Sogleich begannen nun die Kameltreiber, die Wächter und auch die Köche nachzudenken. Welch Mißgeschick hatte sich heute ereignet? Wo war Unziemliches geschehen?

Nach einer Weile hub der Koch des Mohrenkönigs zu seufzen an. Er kreuzte die Arme über seiner Brust, verbeugte sich vor den Königen und begann zu erzählen: «Heute früh bereitete ich die Morgenmahlzeit für meinen Herren und langte gerade tief in den Salzsack, um sie zu würzen. Da kletterte eine kleine Wüstenspringmaus über den langen Stiel meines Rührlöffels. Eilig trieb ich sie fort. Da rührte sie im Sprung mit der Spitze ihres Schwanzes in die Speise. Gewiß hat der kecke Rührer in der Königsspeise den Himmel erzürnt und eine Wolke vor den Stern ziehen lassen!»

Der Mohrenkönig schüttelte jedoch den Kopf und sagte: «Die Maus war nur hungrig und trägt keine Schuld am Verschwinden des Sterns.»

Danach trat der alte Kameltreiber Jussuf mit bekümmertem Blick vor und erzählte: «Heute in der Morgenfrühe erhob sich die Sonne wie ein goldener Ball über die Wüstenberge. Da begrüßte König Melchior sie mit einem Lied. Der wundersame Lobgesang und der Goldglanz der Sonne über den blauen Bergen rührten tief an mein Herz. Aus meinen Augen rannen Tränen der Freude, die mich eine Weile blind machten. Als ich wieder sehen konnte, erschrak ich. Das Kamel Leila hatte alle Ehrfurcht außer acht gelassen und seine Füße auf den lang fallenden Schatten des Königs gesetzt. Die Unachtsamkeit des Tieres muß gewiß den königlichen Sänger und die Sonne beleidigt haben.»

Aber König Melchior schüttelte den Kopf und sprach: «Gewiß ist auch das unachtsame Kamel nicht schuld an dem Verschwinden unseres leuchtenden Wegführers. Forschet weiter!»

Da erinnerte sich der Kameltreiber Said an die Dattelpalme und an den Hund mit dem goldenen Fell. Winselnd hatte das arme Tier zwischen den Dornen gelegen. Als die eisernen Rasseln erklangen und die Hörner der Wächter eilig zum Aufbruch riefen, hatte er dem gequälten Tier in seiner Not jedoch nicht geholfen. Er war fortgelaufen, hin zu seinen Kamelen, um mit der großen Karawane dem heiligen Stern nachzufolgen. Mit Tränen in den Augen erzählte Said nun den Königen von seiner Begegnung mit dem Hund.

Da kreuzten die Könige ihre Arme vor der Brust. Sie beugten ihre Häupter dreimal tief gegen Norden, wo der Stern am Himmel verschwunden war. Und Balthasar, der älteste König mit den weißen Haaren sprach: «Wer sich eifrig bemüht, den Stern und das heilige Königskind zu erreichen und darüber versäumt, jemanden aus der Not zu helfen, der muß erleben, daß sich sein leuchtendes Ziel verdunkelt. Wir wollen umkehren und das arme Tier aus den Dornen befreien, sonst werden wir nicht zu dem heiligen Kinde gelangen.» Die Könige dankten Said für seinen Bericht. Sie trösteten den Traurigen und sagten: «Bald kannst du das Versäumte nachholen!»

Darauf kehrte die Karawane eilig um. Alle zogen den weiten Weg zurück, bis sie die einsame Palme am Wegesrand wieder erreicht hatten. Vorsichtig kletterte Said in das Dornengestrüpp und befreite das unglückliche Tier. Er sah, daß die spitzen Dornen es verwundet hatten. Behutsam trug Said den verletzten Hund auf seinem Arm zum Wegrand und legte ihn auf einen großen flachen Stein. Dort lag das Tier und rührte sich nicht. Es hatte wohl schon lange Zeit weder Wasser noch Nahrung zu sich genommen und war so schwach, daß es nicht mehr aufstehen konnte.

«Weh uns!» klagte da der Mohrenkönig laut. «Wir sind zu spät gekommen. Das arme Tier stirbt. Nun wird uns der heilige Stern nicht mehr leuchten und den Weg weisen.»

In der großen Not ließ er seinen Diener das Gefäß mit der kostbaren Myrrhensalbe herbeiholen. Das war die Gabe, die er für das heilige Königskind auf die Reise mitgenommen hatte.

Er hob den Deckel hoch und nahm so viel von der heilenden Salbe, bis er alle Wunden des Hundes damit bedeckt hatte. Nun war das kostbare Gefäß nicht mehr bis zum Rand mit der weißglänzenden Myrrhe gefüllt.

Als es der Diener wieder in der Satteltasche des Kamels geborgen hatte, ertönten laute Freudenrufe. Der Hund begann sich zu regen, hob den Kopf und stellte sich auf seine Beine. Er war gesund geworden. Munter bellend sprang er im Kreis um die Könige, stellte seine Ohren hoch und wedelte fröhlich mit dem Schwanz. Da waren alle dankbar.

Nun mußte die Karawane an diesem Tage zum zweiten Male kehrtmachen. Abermals zog sie nordwärts. Da erschien der heilige Stern wieder am Himmel und zeigte den Weg. Voller Freude stimmten die drei Könige einen Lobgesang an, und die Wächter,

Diener und Kameltreiber sangen mit. Auch der Koch brummte vor Freude einige Töne.

Noch viele Tage und viele Wochen wanderte die große Karawane mit den drei Königen weiter auf ihrem Weg; der Stern führte sie. Dann kamen sie nach Jerusalem. Von dort aus erreichten sie endlich die Stadt Bethlehem und fanden das Haus, über dem der Stern nun stillstand.

Die drei Könige aus dem Morgenland traten ein und knieten nieder. Sie erblickten das heilige Königskind, das König aller Könige war und der ganzen Welt Heil und Licht brachte. Es saß auf dem Schoß seiner Mutter und schaute die Könige an.

Voll Ehrfurcht legten sie ihre Kronen nieder, denn der Glanz um das Haupt des Königskindes war heller als der Glanz ihrer Kronen. Sie beteten das Kind an und brachten ihm nacheinander ihre Gaben dar.

Als der Mohrenkönig an die Reihe kam, klopfte ihm das Herz bang in seiner Brust, wußte er doch, daß er schon Salbe aus dem schönen Gefäß herausgenommen hatte. So hob er den Deckel hoch, um der Mutter Maria zu erzählen, warum dies geschehen war.

Da aber sah er, daß das Gefäß wieder bis zum Rand mit der kostbaren Myrrhensalbe gefüllt war. Dank und Freude erfüllte ihn.

Maria betrachtete die wundersamen Gaben: das Gold, den Weihrauch und die Myrrhe, und sie dankte den Königen mit liebreichen Worten.

Da sprang plötzlich ein Hund mit einem goldfarbenen Fell durch die Tür. Der schaute mit glänzenden Augen zuerst auf das heilige Kind, danach auf die Mutter Maria. Und wie ein goldener Blitzstrahl war er sogleich wieder durch die Türe verschwunden. Welcher Hund das war, kann jeder leicht erraten. Er war es, den der Kameltreiber Said aus den Dornen befreit hatte. Er war den Heiligen Drei Königen auf ihrer weiten Reise gefolgt und hatte Said bei seiner Arbeit fleißig geholfen. Der brave Hund konnte die Kamele so geschickt antreiben, daß selbst das störrischste

Tier folgsam wurde. Als die Heiligen Drei Könige sich wieder auf den Heimweg begaben, lief der Hund mit ihnen.

Lange Zeit zog die Karawane glücklich heimwärts. Wenn die Drei Könige zur Zeit des Gebetes Rast machten und ihre bunten Teppiche abgeschnallt wurden, sprang der Hund rasch in ihre Nähe. Sie knieten oder standen dann auf den Teppichen und schickten ihre Dankgebete zum Himmel empor. Dabei tönte durch ihre Worte immer die jubelnde Freude und Dankbarkeit ihres Herzens, weil sie das heilige Königskind mit ihren Augen gesehen und begrüßt hatten. Der Hund saß dann ganz andächtig und still neben ihnen, stellte die Ohren hoch und wedelte freudig mit dem Schwanz. Es war so, als wolle er damit sagen: «Auch ich habe das heilige Königskind mit meinen Augen gesehen und bin voller Freude darüber.»

Der Mohrenkönig rief das Tier nach dem Gebet zuweilen zu sich. Er streichelte liebreich über sein goldenes Fell und nannte den braven Hund «Wolke vor dem Stern». Er gab ihm diesen Namen, weil einstmals die zürnende Wolke um seinetwillen vor den Stern gezogen war. Bald kannten alle Reisenden den Namen des Hundes, und dieser hörte gern darauf.

In mancherlei Bedrängnissen konnte der Hund «Wolke vor dem Stern» vielen Menschen im rechten Augenblick ein Helfer sein. So scharrte er die verlorene Rassel und das Horn des Wächters aus dem Wüstensand hervor. Er half oftmals einem Treiber, wenn ein störrisches Kamel seine Last nicht mehr tragen wollte. Laut bellend jagte er unter den Steinen der Feuerstelle giftige Spinnen und Skorpione auf und verscheuchte in der dunklen Nacht den diebischen Schakal. Er fraß aber auch gern einen Rest Hirsebrei aus der Hand des freundlichen Kochs.

Schließlich erreichten die Heiligen Drei Könige jenen Ort, an dem sie einstmals zusammengetroffen waren. Sie verneigten sich ehrfürchtig voreinander und sagten sich Lebewohl.

Darauf kehrte jeder in sein Land zurück. Der Hund aber zog mit dem Mohrenkönig und seinem Kameltreiber Said weiter. Er diente seinen beiden Rettern in treuer Anhänglichkeit noch lange Jahre.

Als der Hund starb, ließ der Mohrenkönig auf seinem Grab einen Stein aufrichten. Er zeigte das Bild von einer Wolke mit einem Stern. Wer ins Morgenland zieht und fleißig sucht, der mag den Stein mit dem Bild von der Wolke und dem Stern vielleicht finden.

Drei Kinderbücher der beliebten russischen Kinderbuchautorin
SOFJA PROKOFJEVA   (Edition Rudolf Geering Verlag)

Für Kinder im Vorschulalter:

GESCHICHTEN VON MASCHA UND OIKA

Illustriert von Gabriela de Carvalho

Aus dem Russischen
von Astrid Prokofieff-Seuffert

1992, 44 Seiten, mit 16 Geschichten
und 16 einfarbigen Abbildungen,
Format A5, geb. Fr. 24.-/DM 27.-

*Für das Kindergarten-
und erste Schulalter:*

ICH WILL NICHT UM VERZEIHUNG BITTEN

Illustrationen von A.W. Traugot

Aus dem Russischen
von Astrid Prokofieff-Seufert

1992, 56 Seiten, mit 27 farb.Abb.
Format 28x21 cm, geb., Fr. 29.-/DM 32.-

*Für Neun-bis Fünfzehnjährige -
aber auch für Erwachsene spannend:*

ASTRELL UND DER HÜTER DES WALDES

Illustriert von Gennadij Kalinowskij

Aus dem Russischen von Ursula Preuß

1992, 184 Seiten, Format 18x24 cm,
mit 13 farb. Abb., geb., Fr. 35.-/DM 39.-

DREI BÜCHER DER BELIEBTEN ILLUSTRATORIN
ANGELA KOČONDA

DER WEISSE BÄR
KÖNIG WALEMON

*Ein norwegisches Märchen, nacherzählt von
Dan Lindholm
Bilderbuch mit 21 Farbillustrationen und handge-
schriebenem Text
1989, 30 Seiten, gebunden, Format 22,5 ×28 cm,
Fr. 35,–/DM 39,–
ISBN 3-7235-0549-x*

Die jüngste Königstochter träumt von einem goldenen Kranz. Ohne diesen kann sie nicht mehr
leben, aber nur der weiße Bär hat einen solchen
Kranz...

DIE AMMENUHR

*Bilderbuch mit handgeschriebenen Texten aus
«Des Knaben Wunderhorn»*

*1988, 20 Seiten mit 10 farbigen Bildern,
gebunden, Format 20 × 25 cm
Fr. 25,–/DM 28,–
ISBN 3-7235-0464-7*

Der Stundenreigen der «Ammenuhr» führt die
kleinen Zuhörer und Betrachter durch die
Nachtstunden und in den Morgen hinein.

DAS BUCKLICHE MÄNNLEIN

*Bilderbuch mit handgeschriebenen Texten aus
«Des Knaben Wunderhorn»
1988, 10 Seiten, mit 8 farbigen Bildern, gebunden,
Format 22 × 28 cm, Fr. 19,–/DM 21,–
ISBN 3-7235-0465-5*

Für Kinder von drei bis sieben Jahren, die in
diesem Buch dem buckligen Männlein, dem
unerlösten elementaren Kerlchen begegnen.